I0607917

¿Te importaría?

Robert Joseph Greene

ICON EMPIRE PRESS

Toronto Vancouver New York
London

Todos los derechos reservados © 2013 por Robert Joseph Greene

ISBN 978-1-927124-27-7

Ninguna parte de este e-libro puede ser
reproducida o transmitida en cualquier forma o
por cualquier medio ya sea gráfico, electrónico
o mecánico, incluyendo fotocopia, grabación,
o por cualquier sistema de almacenamiento,
sin el permiso por escrito del editor.

AVISO

Este libro es una colaboración de los materiales enviados por correo electrónico por el director(es). A pesar de todas las sugerencias que se dieron en el anonimato, nos gustaría decir con gratitud que todo el material de fuente está reconocido. Los editores han hecho sus mejores esfuerzos para asegurar que ningún material con copyright ha sido utilizado en la publicación de este libro. Todos los personajes son ficticios y cualquier similitud con las personas o hechos reales, son simplemente una coincidencia no intencional.

TABLA DE CONTENIDOS

RECONOCIMIENTO

Dedico esta versión traducida a mis líderes favoritos en Latino América: la presidenta argentina Cristina Fernández y el presidente uruguayo José Mújica. Esta dedicación es para mostrar mi agradecimiento por su esfuerzo a la hora de avanzar los derechos de la comunidad LGBT en sus respectivos países.

1.MI VIDA TÍPICA

Papá acababa de terminar su carrera de la mañana. Normalmente iba a correr con nuestro perro Play-doh pero hoy lo había dejado en casa para pasarse por Starbucks. Esto no había pasado desapercibido y Play-doh se quedó gruñendo todo el día al lado de la puerta mientras mi madre trataba de leer el periódico del domingo en paz.

Cuando papá entró, le dimos la bienvenida un perro sobreexcitado y yo, pidiéndole dinero.

-Papá, ¿me das veinte?

-¿Sabes cuánto he pagado por este café, Nate? Ya sabes que el dinero no crece en los árboles.

Papá intentó hacer equilibrios con la taza de café al mismo tiempo que atendía la bienvenida entusiasmada de Play-doh.

-Creo que estoy financiando toda la operación de Starbucks.

Papá repartió las bebidas, pasándome mi Chai Latte y pasándole a mamá su expreso doble. Mamá lo ignoró y continuó leyendo el New York Times.

El domingo era el día libre de papá. Estaba vestido de Nike de los pies a la cabeza y parecía más uno de los modelos de Nike que el padre de nadie.

Ignoré sus protestas e intenté una fórmula diferente.

-Papá, ¿puedes prestarme veinte dólares?

-¿Prestártelos? Me gusta tu nueva estrategia.

La risa que ocurrió a continuación sacó a mamá de su trance y mamá se unió a ella. Dejó el periódico, tomó su café y sopló la superficie para enfriarlo.

-¿Para qué es, Nate?- preguntó papá. Llevó la mano al bolsillo de su chaqueta y sacó unas pocas monedas-. Carol, cariño, ¿tienes algo de dinero encima?

Mamá frunció los labios con desaprobación y pescó un billete de veinte nuevo de dentro de su cartera. Yo lo tomé de la mesa y lo puse en el bolsillo de mis vaqueros.

Mamá se volvió hacia papá.

-Ahora tú me lo debes. Papá se inclinó y le dio un beso en la mejilla.

-La verdad es, tortolitos- dije mirándolos de soslayo- que lo necesito para el final de esta semana para un viaje de esquí..

Iba a ser mi primera vez esquiando y estaba entusiasmado de ir. Realmente el viaje costaba ochenta pero estaba utilizando parte de mis ahorros para la universidad para cubrir el resto.

Papá se fue de la habitación con su café para subir arriba y darse una ducha.

Cuando mamá volvió a su periódico decidí tomar un bol de cereales.

Es en momentos como este que me gustaría que mi hermana Katie estuviera aquí, pero seguramente estaría hablando por teléfono con su novio todo el tiempo e ignorándome. De hecho, ni siquiera estaría en la cocina con nosotros probablemente, ya que mamá tiene una regla que prohíbe los teléfonos móviles en la mesa de la cocina.

A veces me parece que mis padres son demasiado intelectuales como para hablar con ellos, y que no entienden a los adolescentes. Yo tengo casi 18 años y estoy en la escuela secundaria superior. Mi papá es psiquiatra y es el dueño del centro de psicoterapia de la comunidad local. Yo creo que él hace un buen trabajo ayudando a la gente a equilibrarse. Otra gente, sobre todo mis compañeros, lo llama el psiquiatra hippie para los chiflados. Puede acabar resultado pesado, cuanto menos.

Mientras enjuagaba mi bol de cereales y lo dejaba en el lavaplatos sonaron el timbre de la puerta y mi teléfono móvil a la vez. Mamá miró por encima de su periódico y levantó una ceja por el ruido. Abrí la puerta y, como esperaba, allí estaba Kyle, con el teléfono móvil en la mano y riéndose.

-Me preguntaba a cuál responderías primero.

Me reí.

-Tío raro.

Kyle sólo se encogió de hombros. Ya estaba acostumbrado.

Kyle McAllister era mi mejor amigo y vivía sólo a una manzana de nosotros. A él le gustaban los deportes mientras que yo era más de libros, pero los dos compartíamos una afinidad mutua por los videojuegos. Yo tenía una Playstation y él una X-Box, así que teníamos las necesidades básicas cubiertas.

-Lleva un abrigo- dijo Kyle. —Parece que va a llover.

-¿Dónde vamos?

Kyle puso los ojos en blanco y me condujo hacia fuera. Yo corrí al pasillo a por una chaqueta.

-¡Adiós, mamá!- grité mientras salía.

-Oye, Kyle, ¿tú vas a ir a este viaje de esquí?

-¿Cuándo es?

-En dos meses, ya lo sabes.

Kyle era un buen esquiador. Probablemente por eso no estaba tan entusiasmado como yo, ya que para él no era un deporte nuevo. Parecía tener facilidad para todos los deportes. De hecho, todos los hijos McAllister parecían ser bastante atléticos. Por el contrario yo tengo mala coordinación, así que los deportes no son lo mío, aunque estoy bastante en forma.

-Sí, seguramente iré si puedo conseguir el dinero. ¿Cuánto cuesta?

-Ochenta dólares.

-Mierda, eso es mucho.

-Venga, Nate, vamos a darnos prisa que ya casi estamos allí.

Con esto Kyle dejó el tema y empezó a correr, adelantándome.

Un ruido de truenos resonó sobre nosotros. El cielo estaba gris y amenazante pero no había comenzado a llover todavía. Mientras corría detrás de Kyle, íbamos zigzagueando por todo el vecindario.

De repente me di cuenta. Kyle estaba loco por una nueva chica, Miranda, y recientemente me había dicho dónde vivía. Me imaginé que estaba intentando organizar un encontronazo imprevisto con ella.

-Más despacio, tío. ¡No se va a ir a ninguna parte! Al ritmo de un corredor profesional, seguí corriendo detrás de él.

- Ya, pero quiero llegar antes de que empiece a llover y regrese a casa.

Kyle era un buen corredor y me estaba costando mucho ir a su ritmo.

Cuando doblamos la esquina en la calle Nelson, Kyle empezó a observar todas las casas por las que pasábamos.

-Venga, vamos a volver, Kyle. ¿Vamos a casa y jugamos con tu X-Box?

-¿Sabes qué? ¡Cállate ya!- irrumpió Kyle- ¡Si tú te quieres ir a casa, vete, pero yo quiero encontrármela!

No entendía esta obsesión repentina con esta chica. De hecho, no entiendo las obsesiones por las chicas en general.

-Oh, ya veo que pasa. - Paré justo en frente de una casa rosa con un cartel de ´Vendida´-. No la estás buscando para espiarla, lo que quieres es saber a qué parada de autobús va.

Kyle se dio cuenta de que ya no lo estaba siguiendo y se dio la vuelta. Cuando vio lo que yo estaba mirando, sonrío de oreja a oreja de forma triunfal

- Mi estrategia funciona- dijo.

Escuchamos el ruido de una ventana abriéndose y nos agachamos detrás de unos arbustos para no ser vistos. Una chica se asomó a la ventana del segundo piso. Definitivamente era Miranda, con su silueta dibujada contra la luz que tenía detrás. Mientras mirábamos arriba, hacia su casa, yo rezaba para que no nos viera.

-Es ella- murmuró Kyle.

-Genial. ¿Ahora ya nos podemos ir?- le espeté.

Puede que lo hiciera en una voz demasiado alta, porque Miranda miró en dirección a nuestro escondite.

Kyle me tapó la boca con la mano enojado, lo cual me enojó a mí, porque Kyle había puesto las manos en el suelo. Aun así, no me atreví a moverla de ahí para no atraer más atención. Además, tampoco era para tanto.

Cuando Miranda lo dio todo por perdido y se marchó, dejando la ventana abierta, Kyle se encargó de nuestra escapada sin decir palabra.

-¿Qué te ha parecido?- me preguntó Kyle mientras regresábamos.

-Está bien- dije yo.

Creo que a Kyle le molestaba mi falta de entusiasmo pero no dijo nada más. Sabía que últimamente había estado un poco molesto con él. Él no paraba de venir a mi casa los fines de semana, comiéndose nuestra comida y jugando a la Playstation, y él no me había invitado a su casa desde hacía ya semanas.

-Dime que está buena, y podemos jugar en mi casa.

Yo lo imité sarcásticamente.

-Está buena. ¿Contento?

Kyle me dio un puñetazo en el hombro y yo lo perseguí, corriendo en la última parte del trayecto. Para cuando llegamos a su casa, yo estaba demasiado cansado para pelear.

Para entrar a la casa de Kyle había que entrar por el garaje, que siempre estaba abierto. Por alguna razón, nadie en su familia usaba la puerta principal.

Kyle venía de una familia grande. Tenía cuatro hermanos, así que sabía cómo defenderse en una pelea. Creo que le gustaba venir a mi casa por la paz y tranquilidad.

Después de atravesar el garaje nos dirigimos a la enorme sala de estar de los McAllister. Siempre había gente andando por allí así que siempre estaba desordenada. Tuve que admitir que Kyle tenía sus motivos: no podía invitarme mucho allí porque la Xbox casi nunca estaba libre.

Kyle encendió la pantalla y metió el disco de mi juego de combate favorito. Ya lo manejaba bastante bien pero no me sentía muy en forma ese día y tenía muchas ganas de practicar más.

Tomé mi mando y esperé a que el juego cargara. Kyle se dejó caer a mi lado y se tiró un pedo enorme.

-Por favor, Kyle, eres asqueroso.

-Bueno, no respires ahora o te ahogarás con los gases.

Hablamos durante todo el juego, peleando con nuestros robots futurísticos.

-Te estás arrodillando encima de un escudo.

-No, tengo las piernas encima del escudo. Y hay un truco para usarlo, tonto.

Kyle y yo avanzamos por el mismo terreno del juego, evitando los peligros, disparando balas y bloqueando ataques.

Yo traté de esconderme detrás de unos matorrales, pero con peor suerte que en la casa de Miranda. El disparo de Kyle atravesó el arbusto y me dio.

Mientras esperábamos a que el juego comenzara de nuevo, dos de los hermanos menores de Kyle vinieron a mirar.

-Marchaos de aquí, pesados. Tengo compañía.

Todos los hijos de los McAllister eran tan parecidos que cualquiera podría advertir inmediatamente que eran de la misma familia. Yo en cambio no me parecía en nada a mi hermana. Joe tenía como ocho años y Andrew tendría diez u once, no lo recordaba exactamente. Eran bastante amigables y no veía por qué no podían estar por ahí pero a Kyle le molestaba.

Kyle tomó unos cojines del sofá y los lanzó hacia los chicos. Aunque no les dio, hizo que salieran gritando y corriendo en busca de su madre.

La señora McAllister era una mujer gordita con una voz que daba miedo. No le importaba si había gente en la casa, gritaba a sus hijos de todas formas.

-Kyle, ¿has hecho tu tarea?

-Sí.

-¿Cúando? Enséñamela.

-Ahora no, mamá. Nate está aquí.

-Me da lo mismo. No hay X-Box hasta que hayas hecho tu tarea.

Kyle y yo sabíamos que él no había hecho su tarea para el fin de semana. Para ser honesto, yo tampoco había tocado mi trabajo. Al final la culpa me venció.

-Debería irme.

Kyle parecía desilusionado pero asintió a regañadientes.

-Así que, ¿quieres darte un paseo mañana por la parada de autobús de Miranda?

-¿Vas a hablar con ella de verdad? – le pregunté yo escépticamente.

-No lo sé. Quizás. O tú podrías hablar con ella e intentar meterme en la conversación.

-Vale, hablaré con ella por ti.

-Eres el mejor, tío.

Mientras me levantaba para marcharme, el hermano mayor de Kyle, Jared, vino desde el garaje. Era de la edad de mi hermana pero estaba yendo a un instituto técnico de la zona. Yo siempre había pensado que era el más atractivo de todos los hermanos McAllister y siempre tenía que cuidarme de no quedarme mirándolo demasiado tiempo cuando entraba en la habitación.

Creo que no se dio ni cuenta de que yo estaba allí. Por norma general, ignoraba a todos los amigos de su hermano.

Pasé cerca de él y noté un ligero olor a cigarrillos. Estaba seguro de que si su madre lo olía también, le costaría muy caro.

Cuando llegué a casa, sólo Play-Doh pareció alegrarse de verme. Play-doh se alegraba de que cualquiera entrara por la puerta. Papá estaba en la habitación pequeña viendo la televisión. Mamá estaba preparando la cena y tratando de hablar por teléfono con Katie al mismo tiempo. Katie estaba fuera, en su segundo año de la universidad, y nuestra familia aún sentía su ausencia.

Pasé rápidamente por delante de ellos, dije hola y me dirigí a mi habitación. Tenía ganas de estudiar así que me senté en mi escritorio. Play-doh me siguió escaleras arriba y saltó a mi cama. Mamá siempre se enojaba mucho cuando esto sucedía pero no estaba por allí así que no le di más vueltas.

Al abrir mi libro de biología, se evaporaron todas mis ganas de estudiar y mis pensamientos volaron hacia Jared. Un metro ochenta y ocho con cuerpo de atleta…ninguna chica podía ni empezar a competir con él en mi opinión. Una vez había oído un rumor de que a Jared le gustaba mi hermana Katie pero Katie siempre tenía novio. Si algo había pasado alguna vez entre ellos, daba gracias a

Dios de no haber estado allí para verlo. Sólo pensarlo me hacía sentir agradablemente incómodo, como cuando esperas para rascarte algo que te pica.

Yo sabía que vivía en una sociedad progresiva y que el ser gay o tener pensamientos gay era perfectamente normal, pero también sentía que sería una gran desilusión para mi familia y amigos. Especialmente mis amigos. No conocía a nadie que fuera gay y no me agradaba la idea de andar con los que iban a teatro sólo para encontrar a alguien. Todo el problema era tan confuso que era casi ridículo.

Mientras miraba fijamente un punto en la pared, recordé el billete de veinte que tenía en el bolsillo. Decidí meterlo en la mochila para no olvidarlo.

Mirando fijamente mi libro de texto, deseché todos mis pensamientos de Jared y me metí de lleno en mi trabajo.

2 MIKE SARAFIN

-¡Nate, date prisa!

-Kyle estaba gritando desde el otro lado de nuestra puerta. Miré el reloj de la cocina- las ocho y cuarto de la mañana. Y yo no estaba preparado en absoluto.

Corrí hasta la puerta para dejar entrar a Kyle.

-No creo que vayamos a tener tiempo para ir a la parada de autobús de Miranda.

-¿De veras? Yo estoy preocupado de que no lleguemos ni a la nuestra.

La suerte estaba en mi contra. Escuchamos cómo el motor del autobús gruñía al otro lado de mi calle. Por suerte había un ´stop´ y un poco de tráfico de primera hora que lo hiciera ir despacio.

Corrí hasta el baño, me eché un poco de agua por la cabeza y me cepillé el pelo. Todavía llevaba en el pelo gel del día anterior y esperaba que durase. Rápidamente me puse una camisa limpia, metí los libros en la mochila y agarré mi almuerzo.

-Adiós, mamá. ¡Te quiero!

-Yo también te quiero.

Salí por la puerta al lado de Kyle quien, por una vez, iba más despacio que yo. A decir verdad, él tenía muchos más libros que yo, además de lo que fuera que necesitase para no sé qué deporte que estaba jugando ese invierno.

-Ahí va el autobús. ¡Date prisa!

Yo ya estaba a mitad de la manzana. Kyle, para mi gran sorpresa, me alcanzó, pero con dificultad.

Nos saltamos las normas de civismo del vecindario, pasando por encima de cuatro jardines y, en el proceso, nos llevamos por delante las petunias de la Señora Blanchard.

Las luces del autobús se pusieron en rojo, señalando a los coches de alrededor que debían parar. Los coches empezaron a acumularse a los dos lados del autobús y los conductores matinales no estaban muy contentos de que les hiciéramos su viaje diario al trabajo más difícil de lo normal.

Por suerte, no éramos los únicos que llegaban tarde. Brian Kopaktis, el ´drogata´ del barrio, siempre llegaba tarde. Yo ya había alcanzado el autobús cuando Brian, que vivía justo en frente de la parada del autobús, abrió la puerta de su casa y corrió por el césped, todavía abotonándose la chaqueta.

Me deslicé hasta el asiento al lado de Kyle y miré mi teléfono para ver si tenía mensajes.

-¿Te acordaste de traer el dinero para el viaje de esquí?

-Mierda. Se me olvidó. Lo pediré cuando llegue a casa.

Eso era una molestia. Yo sólo quería que mi mejor amigo viniese también. No es que yo no fuera popular ni nada parecido, pero imaginaba que sería genial bajar esas cuestas juntos.

-Es probable que consiga el dinero del sorteo de chaquetas de nuestro equipo-murmuró Kyle.

-Tío, se supone que tenías que haber entregado ese dinero como hace un mes.

-Es verdad- se rió Kyle sin hacer caso de mi preocupación.

-Lo que haré seguramente será hacerme el tonto con mis padres y diré que lo he perdido o que uno de mis hermanos debe de habérmelo robado. Lo exageraré mucho y tendremos una reunión familiar y de una manera u otra conseguiré el dinero.

Esto era una sorpresa para mí. Kyle era un devoto de los deportes y este tema del sorteo iba en contra de todo lo que yo sabía de él y de su dedicación al equipo.

-Kyle, el karma te lo va a hacer pagar.

-¿Quién es ese?

-No importa- murmuré yo. Estaba claro que ese día compartíamos un único cerebro, el mío.

-Por cierto- dijo Kyle- ¿Sabes quién viene a ese viaje de esquí también? Mike Sarafin.

La mera mención de Mike me puso la cabeza en las nubes. Había estado enamorado de él en secreto desde el octavo grado, desde antes de saber incluso qué significaban esos sentimientos. Ni siquiera podía recordar cómo empezó, pero recordaba con total claridad que Mike fue el primer chico de nuestro curso al que le salió vello en las piernas.

-Me pregunto si esquiará bien- fingí que sólo estaba medio escuchando mientras miraba los mensajes en mi teléfono móvil.

-Probablemente. Le dijo a la secretaria del colegio que tenía esquís propios.

Kyle y yo íbamos al colegio Lake High, una institución enorme con una estructura compleja. Se conocía al colegio por su gran variedad de actividades extraescolares. Había teatro, una banda de música, y casi todos los deportes del mundo. Tenía una buena reputación de todas las asignaturas académicas y todas las mañanas llegaban hasta él autobuses provenientes de toda la ciudad, que se acumulaban en el aparcamiento, dejando allí cientos de aspirantes al éxito.

Kyle y yo nos dijimos adiós a la salida del autobús porque él tenía que dejar su equipo deportivo en su taquilla y yo tenía que entregar el dinero para el viaje de esquí.

Cuando llegué a la oficina del colegio, me di cuenta de que había traído el dinero y olvidado el formulario. La señora Lencheski, una de las secretarias del colegio, frunció el ceño ante mi descuido. Tenía la impresión de que esperaba que fuera más listo teniendo un padre médico.

Rellené un nuevo formulario y entregué el dinero en vano, porque la señora Lencheski me lo devolvió inmediatamente y me dijo que necesitaba una firma de mis padres.

-Te daré un recibo por el dinero pero tus padres tienen que firmar esto- me dijo y guiñó un ojo, que era algo que nunca hacía y me hizo reír un poco.

-Esta vez lo haré bien- le prometí sonriendo con un poco de vergüenza mientras salía de la oficina.

Nuestra primera hora de la mañana consistía en avisos, el himno del colegio y las noticias escolares. Todo se me hizo rápido. Había dos reuniones distintas y por desgracia ni Kyle ni Mike estaban en mi clase.

La primera clase del día era historia. Para mi sorpresa, ví que Miranda estaba sentada a mi lado. No había ningún problema pero aun así no sabía que decirle. Sabía que tenía que decir algo porque Kyle nunca lo haría y por él no podía dejar pasar la oportunidad.

Puse cara de intrigado.

-Creo que vives cerca de mí.

Miranda se dio la vuelta e inclinó la cabeza.

-¿Sí? ¿En qué calle vives tú?

-En la calle Briar Patch.

-Sí, creo que la conozco. Nosotros estamos en la Calle Morse. Yo soy Miranda.

-Nate.

No le extendí la mano pero tampoco fue necesario porque nuestro profesor, el señor Mitchell, se aclaró la garganta ruidosamente para poner orden en la clase.

Cuando habíamos terminado ´Historia´, tocaba ´Inglés´ y estábamos leyendo a Shakespeare. Yo me había distraído y me había puesto a mirar el cielo gris de afuera. Algunos pobres estudiantes en clase matinal de gimnasia pasaron por debajo de la ventana. Al mirar más detenidamente, vi que uno de ellos era Mike Sarafin. Estaba en pantalones cortos e instintivamente mi mirada se posó en sus piernas.

-¡Nate!

Volví la cabeza rápidamente y vi a mi profesor de inglés, el Señor Somok, esperando a que yo leyera el siguiente verso. Cuando empecé a tartamudear, Kathy Gill se inclinó hacia mí y me indicó el pasaje que tocaba. Lo leí a la perfección, lo cual me hizo sentir un poco mejor. Sabía que leía bien y habíamos hecho algo de Shakespeare el año anterior así que tenía una idea básica de cómo debían leerse sus versos. El señor Smock parecía un poco molesto por el fracaso de su plan de avergonzarme.

Cuando terminó la clase, yo no me sentía muy bien. Me había dado un dolor de cabeza repentino y me sentía dolorido, afiebrado y cansado. Puede que fuera sólo el no haber desayunado esa mañana, pero parecía más que eso.

Para cuando llegó la hora de la comida estaba bastante mareado. Todo lo que podía tolerar era sopa y galletitas saladas. Fui a ver a la Señora Shakely, la enfermera del colegio. Debía tener más de setenta años, porque mi madre aun recordaba cuando la contrataron.

La señora Shakely me tomó la temperatura e inmediatamente me dijo que me tumbara y llamó a mis padres. Me dio una gruesa manta de lana y fue de aquí para allá mirando mi ficha sanitaria y dándome aspirinas. La manta picaba y olía a desinfectante de hospital pero aun así fui capaz de quedarme dormido.

-Coleguilla , ¿cómo estás?- escuché la voz de mi padre mientras una mano me acariciaba el pelo. Fue una grata sorpresa, porque normalmente era mamá la que me venía a buscar.

-Papá, ¿dónde está mamá?

-Oh, se tomó el día libre para ir a ver a tu hermana a la ciudad.

Mi papá me llevó hasta mi taquilla para recoger mis cosas. Me dormí por segunda vez en el coche y ya habíamos llegado a casa para cuando me desperté. Play-Doh estaba allí para darnos la bienvenida como siempre.

-Vete a la cama, Nate.

Me fui arriba, me quité la ropa y me metí dentro de las mantas. Play-doh estaba abajo todavía, probablemente con la esperanza de que alguien le diera de comer.

Estaba a punto de quedarme dormido otra vez cuando regresó papá con un poco de Nyquil y naranjas troceadas.

-Te hace falta un poco de vitamina C. No encuentro el bote de pastillas pero creo que la fruta de verdad es mejor de todas formas.

-¿Ya sabes que los kiwis tienen como cien veces más vitamina C que las naranjas, no?

Papá sonrió.

-No, no lo sabía.

Terminé el resto de los trozos de naranja y me tomé el Nyquil. Sabía asqueroso, pero en unos pocos minutos ya estaba durmiendo otra vez.

Soñé con Mike Parafin.

Era una playa tropical llena de turistas de todos los lugares del mundo que se bañaban y tomaban el sol. Las aguas tranquilas y cristalinas y las espectaculares puestas de sol atraían más y más turistas cada año. Era un paraíso para ellos, aunque no lo era para Mike, un joven surfista.

Mike no estaba contento de que hubiera turistas por todas partes. Había crecido en esas playas y las había visto empeorar desde su juventud.

De repente, estaba en clase, aunque era verano y hacía muchísimo calor. Mike y yo estábamos sentados juntos en la misma clase. En frente de la clase llena de chicos estaba Nigel, un profesor australiano que estaba de visita. Era más bien joven, no mayor de veinticinco años, y todavía retenía una apariencia juvenil que hacía que pareciera un adolescente.

Estábamos hablando de nuestras carreras profesionales en el futuro. Nigel nos preguntó a qué queríamos dedicarnos. Mientras los demás le contaron sus sueños de tener cultivos y animales y de tener un negocio en la playa, Mike les dijo a todos que quería ser médico. Sus palabras provocaron olas de risas burlonas en toda la parte rural de la clase. Yo fui el único que no se rió. Mike frunció el ceño enfadado mientras Nigel le sonreía dándole ánimos.

-Muy bien, Mike. Tú puedes lograrlo. Todos deben pensar en grande, ponerse una meta y luego tratar de alcanzarla. ¡Quiero que todos ustedes piensen de manera creativa!

Las palabras de ánimo del profesor no surtieron ningún efecto en Mike. Se volvió hacia mí.

-Quiero ser un médico como tu padre. ¿Yo te gustaría si fuera médico?

No pude hacer otra cosa que asentir con la cabeza. Mientras lo hacía, Mike se acercó a mí y me tocó la mano.

Fue como si su roce me hubiera despertado. Mis sábanas estaban inundadas de sudor y yo estaba empapado. Sentía una sensación pegajosa en mis partes bajas y cuando levanté mi ropa interior me di cuenta de que había eyaculado mientras dormía.

Hice un esfuerzo por ver el reloj encima de mi escritorio y vi que ponía las 3:42 A.M.

Tomé mi bata y bajé por el pasillo a la ducha. Detrás de la seguridad de la puerta del baño, encendí la luz y me quité la ropa interior. Asqueado con la mancha, decidí que sería mejor si la lavaba yo mismo.

El agua era refrescante. Estaba a mitad de secarme cuando oí un toque en la puerta.

-¿Hijo?- Era mamá -¿Estás bien?

-Estoy bien.

Terminé de secarme y me puse la bata. La luz de mi habitación estaba encendida y allí estaba mi madre, cambiando las sábanas. Casi quería enojarme con ella, pero por lo menos estaba aliviado de que no hubiera nada en las sábanas.

Una vez que acabó de cambiar las sábanas, se volvió para abrazarme. Yo me sentía un poco raro a causa del sueño y no tenía ganas de abrazos. Creo que ella lo atribuyó a que estaba enfermo.

Volví a la cama con dificultad y ella me dio las buenas noches, cerrando después la puerta y apagando la luz. El problema era que yo no estaba de humor para dormir. Pensé en mis deseos y me pregunté si debería hacer un esfuerzo por conectar con mujeres o en vez de eso investigar los sentimientos que había tenido toda mi vida. No pude llegar a una conclusión y me quedé dormido otra vez.

Me despertó mi alarma. Me sentía peor que antes. Odiaba estar enfermo y tener que quedarme tumbado sin hacer nada. El resto de la semana la fiebre me dejó tan ´fuera de combate´ que ni siquiera vi la televisión o leí.

Katie vino a casa porque era una semana de estudio, y me cuidó mientras mamá y papá estaban en el trabajo. Katie se tomó su papel de ´hermana mayor´ muy en serio. Podía llegar a ser sobre protectora, como si fuera una reacción el estilo un poco pasivo que tenían mis padres a la hora de cuidarnos.

Katie y yo nos parecíamos. Los dos teníamos el pelo rubio oscuro y los ojos marrones. Parecía que Katie había engordado un poco, pero no me atreví a mencionarlo.

Un día, cuando ya tenía más energía, le pedí que se sentara un rato para que nos pusiéramos al día. Katie estaba estudiando psicología pero no quería ser psiquiatra como mi padre.

-Así que, ¿qué tal la universidad?

-Va bien- dijo —.Te advierten que la universidad va a ser más difícil que la escuela secundaria pero a mí me parece más fácil. Te dan más libertad, así que a lo mejor quieren decir que tienes que aprender a tener disciplina.

-¿Braden viene a verte a menudo?

Braden era su novio desde hacía dos años. Siempre que Katie estaba en casa, estaba constantemente al teléfono con él.

-Lo veo lo suficiente. ¿Alguna chica en tu vida?- preguntó.

-No- me reí.

-Bueno, ahora eres uno de los mayores en el colegio. ¿No podéis salir con cualquiera que queráis?

Me reí pero la conversación ya me estaba cansando. Di un gran bostezo y Katie se fue para dejarme dormir.

Katie se marchó el sábado, llevándose consigo ropa limpia para dos meses y un montón de dulces que le horneó mamá. Para el domingo ya me sentía mejor y me pasé el día entero haciendo tareas del colegio para recuperar el tiempo perdido.

3. COMPRAR ESQUÍS

Todavía no me encontraba del todo bien cuando empezó el colegio pero estaba aburridísimo de estar en casa. No recuerdo mucho de lo que pasó esa mañana, excepto que logré al fin tener la oportunidad de hablar con Miranda.

-Hola, ¿cómo te encuentras? Oí que estabas enfermo.

-Sí, y no estoy seguro de estar cien por cien curado, por cierto- le sonreí yo.

Me miró con cara de simpatía.

-Un chico venía a buscar tus tareas.

-Sí, mi amigo Kyle. Es un chico encantador.

Esto era más o menos verdad. No sé si a muchas chicas les parecía encantador. Tenía la costumbre de incorporar funciones necesidades fisiológicas a sus chistes, se ponía nervioso delante de las chicas, y podía ser un pesado. Aun así, era mi mejor amigo.

Para la hora del almuerzo todavía no me sentía muy bien. Pensé que lo mejor sería seguir a base de sopa y galletas saladas. Mientras esperaba en la cola, oí una voz profunda detrás de mí. Me di la vuelta y vi que era Mike quien me hablaba.

-¿Sólo vas a comer eso, Nate?

¡Mi nombre! Sabía mi nombre. Yo no tenía ninguna clase con él y en realidad tampoco había hablado con él desde el décimo grado, pero aquí estaba, hablando conmigo.

-Bueno, me traje el almuerzo pero no me apetece. La semana pasada estuve enfermo.

-Sí, creo que Kyle mencionó algo. ¿Ahora ya estás mejor?

-Sí, un poco.

-A lo mejor deberías comer más comida sólida.

Mike tomó sándwiches, patatas fritas, zumo y caramelos, y los apiló encima de mi bandeja.

-Pago yo y si no puedes comértelo, yo me lo llevo.

Hizo caso omiso a mis protestas y pagó por el almuerzo. Le di las gracias y me dirigía a mi mesa habitual cuando me di cuenta de que Mike me estaba siguiendo.

-¿Vas al viaje de esquí?

No podía creer que estaba hablando con Mike Sarafin. A lo mejor todavía estaba enfermo y sufría alucinaciones.

-Sí, tengo muchas ganas. ¿Y tú?

Esto era una tontería porque ya sabía la respuesta.

-Sí.

-¿Tienes esquíes o vas a alquilarlos?

También sabía la respuesta a esta pregunta pero no se me ocurría nada más que decir.

-Tengo los míos propios. Mi padre trabaja para Ronning Treski. Haces esquíes. ¿Has oído hablar de ellos?

-Sí, claro- mentí.

Cuando Mike se deslizó hasta el asiento al lado del mío, empecé a sudar profusamente. No sabía qué hacer con las manos así que empecé a atiborrarme de comida. Mike parecía comer con más orden que yo pero también estaba picando de mi bandeja porque había comprado más de lo que yo podía comer y probablemente lo sabía.

-¿Y tú alquilas o tienes los tuyos propios?

-Los alquilo. Es mi primera vez- dije mientras engullía el sándwich.

-Oh, tío, eso es un rollo, especialmente si es tu primera vez. Necesitas esquíes que te ayuden, no que te hagan daño.

Mike parecía hablar en serio. Me sugirió un lugar que vendía esquíes de segunda mano baratos y se ofreció a llevarme allí.

Accedí a ir con él y me preguntó si podíamos ir al día siguiente después del colegio porque así podríamos utilizar la furgoneta de su padre.

-¿Pero no tienes una licencia de aprendiz sólo?- le pregunté.

Mike enrojeció.

-Tengo un año más porque repetí el quinto grado.

Justo entonces sonó la campana para indicar que el almuerzo terminaría en quince minutos.

-Okey- le dije. —Mi taquilla es la 5351. Nos vemos allí después de clase.

-Perfecto. Allí nos vemos.

Cuando sonó la última campana del día, me dirigí a clase como en una nube. Tenía muchas ganas de contarle a Kyle las emocionantes noticias, pero no podía, lo cual me deprimió un poco. No podía decírselo a nadie.

Kyle y yo estábamos en la misma clase esa hora y me acordé de contarle lo de mi primera clase con Miranda.

-No me lo creo- dijo -¿Le hablaste de mí?

-Un poco. Acuérdate de que estaba enfermo.

-Bueno, asegúrate de que sepa algo de mí pero no demasiado.

Es probable que Kyle se diera cuenta de que su falta de delicadeza no daba las mejores impresiones. Me gustaba ayudar a Kyle pero también me preguntaba cómo reaccionaría si le dijera que me gustaba Mike. Me preguntaba si seguiríamos siendo amigos.

Le dije a Kyle que íbamos a comprar esquíes e inmediatamente me arrepentí pensando que quizás querría venir con nosotros. En un sentido, me habría gustado que viniera. Él sabría cómo hablar de cosas de deportes con Mike. De todas formas, Kyle tenía entrenamiento esa tarde así que no podía.

A la hora de la cena, saqué el tema de comprar esquíes.

-¿Qué les parece si uso un poco de mi dinero de la universidad para comprar esquíes en vez de alquilarlos?

Papá miró de soslayo a mamá y ella me miró a mí.

-Es sólo que nos preguntamos si te gustará tanto esquiar.

Les dije que no podía estar seguro, pero para aprender, es mejor tener un buen par de esquíes. Accedieron a ayudarme a pagarlos pero mamá estaba preocupada pensando que si yo sacaba dinero de mis ahorros para la universidad, no me quedaría nada cuando fuera.

-Ya sabes que siempre es posible pedir ayuda. Para eso están los padres.

-Ya lo sé pero no quería molestarlos.

Mamá empezó a hablar de cómo querían lo mejor para su único hijo. Empezaba a parecer una película de la tele. Fingí sorpresa.

-¿Quieres decir que no soy adoptado?

Papá se puso en su función de médico y añadió:

-Hijo, deja que el amor siga su curso, incluso cuando te conmueva. No pasa nada porque sientas amor; te lo mereces.

No quería faltarles el respeto así que le di las gracias y me fui a lavar los platos.

Justo entonces, Katie llamó al móvil de mamá. Le dije a mamá que le agradeciera el haber venido cuando yo estaba enfermo.

Para el miércoles, me sentía mucho mejor pero estaba un poco nervioso por ver a Mike. Mamá y papá me habían dado bastante dinero para los esquíes pero yo aún no sabía cuánto costaban los de segunda mano. Aparte de todo eso, Mike y yo no nos conocíamos mucho y no estaba seguro de lo que tendríamos en común.

Para cuando sonó la última campana, Mike ya estaba en mi taquilla esperándome. Tenía su mochila y la chaqueta colgadas en un hombro. Según me acercaba, tomé nota de su magnífico pecho. Yo era bastante alto, pero Mike medía un metro ochenta y ocho, como Jared McAllister.

Tuve suerte de que nos viéramos en mi taquilla porque al abrirla, cayó de ella mi formulario de permiso para el viaje de esquí.

-Mierda, necesito la firma para esto- dije.

-No pasa nada. Podemos pasar por tu casa para que te lo firmen si quieres. No tengo prisa.

Nos dirigimos hacia el aparcamiento y Mike me condujo a un enorme vehículo plateado con una abolladura a un lado. Cuando la camioneta arrancó, por los altavoces empezó a sonar música ´country´, y Mike la quitó rápidamente.

-Perdona- me dijo nervioso- ¿Te gusta la música ´country´?

-Está bien- mentí. A decir verdad, no era un gran aficionado a ella pero no me atreví a decírselo.

Mike se animó con esto y volvió a poner la música aunque un poco más baja.

Mientras conducía, me contó que era un fanático del fútbol. Conocía todos los equipos europeos, de Latino América y Norte América. Además estaba realmente interesado en lo que iba a pasar con algunos jugadores que yo no conocía. Yo no sabía nada del deporte y creo que se dio cuenta porque cambió de tema y empezó a hablar de equipos de esquí.

-Así que yo creo que unos esquíes de segunda mano te costarán como cien dólares, quizás un poco más.

Parecía un poco avergonzado de no haberlo mencionado antes.

-Está bien. Llevo ciento cincuenta. Puedes atracarme para llevarte el resto.

Mike se rió.

-Muy gracioso, tío.

Me dijo que su familia no tenía mucho sentido del humor. Hablamos de comediantes y después de no mucho tiempo empezamos a inundarnos el uno al otro con información sobre nuestras vidas.

Mike me estaba llevando a la tienda de segunda mano ´Deportes Cooper´, que estaba en el centro de la ciudad. La tienda estaba completamente desierta, con la única excepción de la persona detrás del mostrador. Mike le indicó los esquíes y mientras caminábamos hacia el escaparate, intentó hacer un chiste.

-No busques esquíes de Ronning Treski sólo porque es el pan de mi familia. Aunque nos muramos de hambre, puedes elegir esquíes de Saloman u otros.

Me reí pero realmente no sabía nada de marcas de equipos de esquí. Tuve la extraña sensación de que Mike me estaba intentando impresionar de alguna manera. Eso me produjo un hormigueo placentero del que no quería deshacerme.

El hombre de la tienda tendría cincuenta y tantos años y nos siguió hasta donde estaban los esquíes.

-¿Puedo ayudarles?

-No hace falta- dijo Mike, pero el hombre no se fue. Supongo que no tendría nada mejor que hacer.

-Estos acaban de llegar- dijo pasando delante de nosotros –. Estos son Rossignols. Están muy bien, ¿no?

El hombre se los pasó a Mike, ignorándome completamente.

-Sí, pero estos son un poco altos para mi amigo.

Al hombre no pareció importarle el haberme ignorado y dado su atención a Mike. Explicó que tenían ofertas especiales de esquíes, y que los bastones estaban incluidos en el precio. Me di cuenta de que Mike se estaba enfadando con él.

Mike miró varios esquíes y sacó unos de Ronning Treski, sonriendo. Costaban 247 dólares. Nos reímos y yo los devolví a su sitio.

-Viendo estos precios, creo que tu familia debe estar comiendo croissants y bebiendo Perrier en vez de estar a pan y agua- dije.

Al hombre no le hizo gracia pero se quedó a nuestro lado. Me pregunté si pensaba que íbamos a robar los esquíes o algo así.

Mike explicó que para escoger unos buenos esquíes, uno tiene que tener en cuenta el desgaste y que sean apropiados a la altura. Mientras demostraba la altura adecuada para los principiantes, su mano me rozó la cara e hizo que mis hormonas se convirtieran en un torbellino.

-Este el punto perfecto entre tu barbilla y tu nariz- dijo.

Según Mike seguía hablando de esquíes, parecía que hasta el hombre de la tienda estaba quedando maravillado con su charla.

-¿Eres un esquiador profesional?- preguntó el hombre.

Los dos nos reímos y el hombre pareció un poco ofendido. Entonces me di cuenta de realmente no sabía la nacionalidad de Mike.

-No.

Mike continuó explicando cómo escoger esquíes.

-Tienes que mirar la flexibilidad del esquí doblándolo hacia dentro. Y tiene que ser más ancho en la punta que la parte de atrás.

Sacó un par de esquíes Olin con las ataduras ya puestas.

-Creo que estamos de suerte. Estos parecen perfectos y sólo cuestan setenta dólares.

Eran blancos, amarillos y negros y estaban bastante bien. Tenía muchas ganas de enseñárselos a Kyle.

Encontramos unas botas y logramos no salirnos del presupuesto. El hombre nos lo vendió todo y Mike lo puso en la parte de atrás de la camioneta y luego me llevó a casa.

Llegamos a la casa y escuché los ladridos de Play-Doh. Mamá nos dio la bienvenida en la puerta así que no tuvimos que preocuparnos de abrir la puerta y meter los largos esquíes en la casa al mismo tiempo.

Play-doh saltó entusiasmado al ver a Mike. A Mike no pareció importarle y se arrodilló a jugar con ella.

-Es muy bonita. ¿Cómo se llama?

-Play-doh.

-¿De verdad?- dijo Mike riéndose. ¿Por qué se llama así?

Le conté que su pelaje de varios colores me recordaba al ´Play-doh´ que yo usaba cuando era niño, y que al final ese había sido su nombre.

-Soy Carol Lawson- dijo mi mamá. Mike se levantó inmediatamente del suelo, se secó la mano en los pantalones y le extendió la mano a mi madre.

-Yo soy Mike. Encantado de conocerla. Tiene una casa estupenda.

Mamá parecía contenta con el cumplido. Invitó a Mike a cenar pero Mike dijo que no. Me recordó que tenía que hacer que me firmaran la autorización. Rebusqué por mi bolsa y le di a mi mamá el papel para que lo firmara.

Para mi sorpresa, Mike tomó el papel y dijo que él lo entregaría por mí.

-¿No confías en que lo haga yo?

-Sí, pero quiero estar seguro de que vienes porque voy a ser tu instructor de esquí.

A mamá todo esto parecía hacerle gracia.

Yo quería acompañar a Mike hasta la camioneta pero pensé que lo mejor sería acompañarlo sólo hasta la puerta. Aun así me quedé mirándolo cuando se subió a la camioneta y desapareció. Cuando me di la vuelta, vi que mi madre me estaba mirando de una forma extraña.

Estaba tan sumergida en sus pensamientos que no se dio cuenta de que yo la estaba mirando a ella. Su reacción fue casi la de alguien que está haciendo algo que no debería.

-Mike parece un gran tipo.

Le dije que apenas lo conocía y que había sido muy amable al ayudarme a encontrar esquíes. Tumbado en la cama esa noche, no pude dejar de preguntarme qué estaba pasando en mi vida. ¿Me estaba imaginando cosas o realmente le gustaba a Mike? ¿Me gustaba él a mí?

4 MIRANDA

Al día siguiente me desperté pronto y llamé a Kyle.

-Espero que tengas una buena razón para despertarme.

-Sí, y quiero que vengas a desayunar conmigo antes del colegio.

-Perfecto. Estaré allí en quince minutos.

Sabía que a Kyle le gustaría venir a verme porque en su casa todas las comidas eran una pelea a muerte. En mi casa sólo estaba yo, porque mi hermana estaba fuera y mi madre siempre preparaba demasiada comida.

Mamá estaba levantada ya, vaciando el lavaplatos y poniendo los platos y vasos en el armario de la cocina. Le pregunté si podía hacer algo para el desayuno porque Kyle iba a venir. Esto no era pedir mucho, porque ella hacía el desayuno para mi padre todas las mañanas antes de que se fueran juntos al trabajo. Papá no empezaba su día hasta las diez y media porque nunca tenía clientes hasta las once y media.

-Haré crepes- dijo -¿Está bien?

-Perfecto. Gracias.

Sabía que a Kyle le encantaban los crepes porque mi madre compraba jarabe de arce de verdad y su familia compraba el artificial. Imagino que al ser una familia tan grande, tendrían que sacarle provecho a cada dólar.

Me duché y me preparé. Estaba entrando en la cocina cuando Kyle llamó a la puerta. Apenas la había abierto cuando Kyle entró como un remolino, tiró la bolsa al suelo y se sentó en una mesa de la cocina.

-¿Cuándo comemos?

Mi mamá y yo nos reímos. Mamá puso un montón de crepes y bacón en la mesa.

-Hola Kyle- dijo, revolviéndole el pelo.

-Hola, Señora Lawson.

Mamá se disculpó y fue arriba a despertar a papá, pero nos dijo que empezáramos a comer para llegar a tiempo al autobús. Empezamos a atacar la pila de crepés.

-Estuve con Mike Sarafin ayer.

-Bueno, es un buen tipo.

-Ya lo sé. Fue muy amable de su parte ayudarme a escoger los esquíes.

Después le describí en detalle cómo Mike me había explicado todo lo que había que tener en cuenta a la hora de elegir el par adecuado. Después le dije que Mike había sido muy educado cuando llegó a mi casa.

-Vaya, parece que tienes un poco de amor masculino por él- dijo Kyle con un gran bocado de bacón en la boca.

-Cállate- gruñí. Traté de no sonrojarme, pero creo que Kyle se dio cuenta de todas formas.

-Tío, creo que sí tienes un poco de amor masculino- se rió triunfante.

¨Si tú supieras¨, pensé para mis adentros.

Casi no había tocado mi crepé, pero teníamos que irnos. Pensé que ésta iba a ser la oportunidad perfecta para decirle algo a mi mejor amigo pero no tuve la valentía para hacerlo. Tomé nuestros platos, los enjuagué y los puse en el lavaplatos. Nos fuimos para el colegio.

Tramé un plan para juntar a Kyle y a Miranda. Le dije a Kyle que Miranda estaría en el partido de fútbol del viernes por la noche.

-Perfecto. Deberíamos ir entonces- dijo Kyle.

Esto era un riesgo enorme porque realmente no sabía si Miranda ya tenía novio, pero decidí averiguarlo en clase esa mañana.

Estaba nervioso mientras esperaba a que llegase y se sentara en su sitio. Si no iba a clase ese día, estaría perdido.

-Hola, Nate.

Di un suspiro de alivio.

-Hola, Miranda. ¿Vas al partido de mañana?

-¿Hay un partido de rugby?

-No, fútbol.

Se encogió de hombros.

-No lo había pensado. ¿Por qué?

-No sé. Sólo que pensé que a lo mejor querías ir. Kyle va a venir conmigo y estaría muy bien si te viéramos allí.

-Espera un momento. ¿Kyle te ha dicho que me lo pidieras o algo así?

Me sonrojé y sonreí. Era lista y sospeché que sabía exactamente lo que hacía.

-Bueno, quizás vaya con Sarah. Creo que está en tu clase de inglés.

Sarah y yo nos conocíamos desde la escuela elemental. Era una chica agradable, pero tendía a hablar demasiado.

-Genial- respondí.

-Okay, le preguntaré y te lo digo a la hora del almuerzo- me dijo.

Me caía bien Miranda. Era fácil hablar con ella aunque estaba un poco preocupado por si las manías de Kyle le molestaban.

Estaba esperando poder ver a Mike en el almuerzo, pero no estaba por ninguna parte. Miranda solía sentarse con un grupo de chicas en un rincón al final. La vi en la cola y fui a hablar con ella.

-Bueno, quedamos para el sábado. ¿Cuál es tu número? Por si acaso llegamos tarde o alguien se pierde.

Le di a Miranda mi número y ella me envió el suyo en un texto. Me bebí mi zumo de naranja y busqué a Mike con la mirada pero al final lo di por imposible y almorcé con otros amigos.

El viernes fue un torbellino. Vi a Mike en el pasillo, pero estaba corriendo hacia alguna parte y apenas tuvimos tiempo de decir ´hola´. Estuve deprimido todo el día. Me arrepentí de no haberle pedido su número de teléfono el día que fuimos a por los esquíes, porque así podría haberle enviado un texto. No teníamos amigos en común así que no estaba seguro de cómo podía obtenerlo.

Nunca había estado en un partido de fútbol antes pero sabía que se jugaba en el mismo campo que se usaba para el rugby. El otro equipo venía de la escuela secundaria Brookside High, que estaba en el distrito vecino, así que tenía muchos fans.

Kyle parecía estar vestido un poco mejor que de costumbre y me burlé un poco amigablemente. Mi mamá nos llevó al colegio esa tarde y le dije que el Señor McAllister nos recogería, o si no tomaríamos el autobús.

Nuestros asientos estaban justo en frente de los focos del campo así que era difícil ver bien. Le envié un texto a Miranda diciéndole dónde estaban nuestros asientos. Miré mi teléfono muchas veces, esperando su texto. Kyle sólo empeoraba las cosas preguntándome cada dos segundos si ya lo había recibido.

Por fin, un texto.

Nate, ¡te vemos! ¡Mira a tu izquierda!

Le dije a Kyle que mirara a la izquierda y la vio al momento. No era que el estadio estuviera hasta los topes. Me pregunté si la razón era que el fútbol no era tan popular como el rugby en el colegio. En los partidos de fútbol normalmente sólo había espacio para estar de pie.

Vi que el uniforme de los de Brookside era amarillo, blanco y negro, lo cual me recordó mis esquíes Olin y pensé en Mike. Lo busqué en el campo pero era difícil distinguir a unos jugadores de otros. Vi a alguna gente tomar panfletos de encima de una mesa.

Me disculpé mientras Sarah y Miranda se acercaban para ir a buscar un panfleto informativo. Kyle me miró como si lo estuviera abandonando y Sarah empezó a bombardearle con preguntas mientras se sentaban una a cada lado de Kyle.

Atravesé el campo y tomé un programa informativo, pero al momento vi a Mike allí, de pie al lado de los otros jugadores mientras por los altavoces sonaba el himno nacional. Estaban de espaldas a mí pero lo reconocí por sus piernas y su físico.

Tomé un par de programas y regresé a nuestro sitio. El silbato que indicaba el comienzo sonó justo cuando alcancé mi asiento. Vi que Kyle y Miranda ya estaban tomados de la mano lo cual me alegró. Kyle era un buen tipo y pensé que Miranda sería una buena influencia. Sonó el silbato y todo el mundo se puso en pie mientras la pelota subía por los aires de una patada. Un jugador de Brookside le dio con la cabeza y el juego comenzó. Me sentí mal porque vi que Mike estaba en el banquillo. No parecía importarle, estaba hablando con otros jugadores como si no fuera un problema.

Los colores de mi escuela secundaria eran el azul y el blanco, y el contraste facilitaba el distinguir a unos de otros en el campo. Los espectadores gruñeron al ver cómo dos jugadores caían al suelo, enzarzados en una nube de nuestro azul y blanco, y su amarillo, blanco y negro. Primero rodaron por el suelo, luego se quedaron parados. Los entrenadores y sus ayudantes corrieron hasta el campo mientras los otros jugadores se reunían. Hubo una pequeña pausa seguida de aplausos mientras tres jugadores salían con ayuda del campo.

Mike era uno de los reemplazos.

-Mira, ahí está Mike.

Kyle se levantó y gritó: ´

-¡Arriba Mike!

-No puede oírte- le dije.

Kyle parecía avergonzado y se sentó. Miranda le consoló dándole la mano otra vez. Pensé que era un buen gesto. Estaba contento de que su relación funcionara. Tenía suerte de que Sarah estuviera sentada al otro lado de Kyle ya que así no me tocaba recibir una montaña de preguntas.

Le dije a Miranda que Mike me había ayudado a escoger los esquíes para el viaje y le pregunté si iba a ir y me dijo que ella sí pero Sarah no. La verdad es que me alegró oírlo. Me incliné para decirle a Kyle que Miranda iba al viaje.

Kyle pareció horrorizado y asumí que aún no había entregado su autorización. Podría haber apostado cualquier cosa a que ahora que Miranda iba, Kyle tendría la autorización completada y firmada, y que su dinero estaría en la oficina del colegio para el lunes por la mañana.

Durante el juego, pensé que el fútbol era un poco aburrido, pero estaba contento de que hubiéramos ganado.

Mientras las gradas se iban vaciando, Kyle preguntó si alguien tenía hambre. Sarah dijo que se iba en coche con unos amigos que estaban sentados a su lado. Miranda dijo que iría y yo no quería estar de más, así que dije que tenía que tomar el autobús. Kyle parecía contento con mi decisión.

El fin de semana fue un poco deprimente, pero no para Kyle. Me llamó al día siguiente para decirme que Miranda y él estaban haciendo muy buenas migas. Por los detalles sospeché que estaba exagerando un poco pero me enteré de la historia en general. Quería venir a jugar video juegos pero a mí no me apetecía.

-¿Qué te pasa? ¿Es que no te cayó bien Miranda?- preguntó Kyle.

De nuevo hubiera sido una gran oportunidad para hablarle de mí pero no dije nada. Tenía que organizar mis propios pensamientos. Concluí que quizás todo estaba en mi mente y que a Mike yo no le gustaba en el sentido que yo quería.

5. IR AL CINE

El lunes, Miranda ya estaba en nuestra parada de autobús, esperando a Kyle. Se besaron delante de todo el mundo, lo que significaba que serían la comidilla del colegio durante todo el día.

El autobús continuó su camino habitual y nos dejó en el colegio. Le dije adiós con la mano a Miranda y a Kyle y caminé hasta mi taquilla como un zombi. Para mi sorpresa, allí estaba Mike esperándome. Se me dibujó una sonrisa de oreja a oreja.

-Hola, ¿qué pasa?

Mike también estaba sonriendo. Sus ojos eran azul claro con motas de oro. No lo había visto antes.

-Nada, ¿y contigo?

-Te vi en el partido el viernes.

-Fui al partido el viernes.

Habíamos hablado los dos a la vez.

-Tú primero- dijo Mike.

-No, tú.

Los dos esperamos a que hablara el otro. Después, cuando ninguno de los dos dijo nada, nos echamos a reír, como si fuera lo más gracioso del mundo.

-¿Quieres ir al cine mañana? Los martes son los días más baratos y quiero ver esa película de zombis nueva que acaba de salir.

-Claro- dije yo.

Mike sacó su teléfono e intercambiamos números. Yo estaba en el cielo.

Sonó la campana de aviso para la asamblea y Mike tuvo que irse. Mi asamblea estaba al lado de mi taquilla así que no tenía que correr. Estuve en las nubes todo el día.

Cuando llegué a casa, la encontré vacía. Sólo estaba Play-doh que tenía muchas ganas de saludarme. Le di un abrazo y tomé un tentempié y un poco de zumo y me los llevé a mi habitación. Playdoh vino detrás de mí con la esperanza de que le diera de comer.

Fue entonces cuando recibí un mensaje de texto.

Hola, soy Mike.

Yo envié uno de respuesta.

Hola.

Entonces él me envió otro.

¿Te importa si lo dejamos para el miércoles por la noche? Tengo algo el martes. Invito yo.

Tengo que admitir que estaba un poco desilusionado por el retraso pero también feliz de que fuéramos a vernos.

Le envié un mensaje.

Claro.

Después me envió uno que decía:

Disculpas otra vez. No podré llevar la camioneta así que te veo allí. La película empieza a las 10:05pm.

Y yo le respondí:

Okey, no hay problema.

Tuve la impresión de que a Mike no le gustaba mucho enviar mensajes de texto. Yo tenía sólo mi licencia de aprendiz, con lo cual sólo podía ir con un adulto mayor de veintiún años en el coche. Así que era imposible que yo condujera.

Me quedé mirando el equipo de esquí en la esquina de mi habitación y me pregunté si el día entero habría sido un sueño. Se lo pregunté también a Play-doh, pero ella no tenía ni idea de lo que yo estaba hablando mientras le acariciaba el estómago. Aun con todo, se revolcó disfrutando la atención.

-Oh, Play-doh, no puedo contárselo a nadie excepto a ti.

Kyle estaba casi siempre ocupado con Miranda, así que yo me sentía un poco solo. No había visto a Mike ni el martes ni el miércoles en la escuela secundaria. Es verdad que era grande con más de novecientos estudiantes, así que no era fácil encontrar a nadie allí.

Cuando llegó el miércoles por la noche, yo me había duchado y estaba buscando algo que ponerme. Se me daba mal escoger ropa y tengo que admitir que aun confiaba en mi mamá para que la escogiera por mí. Me puse colonia, lo cual no era normal para mí, pero parecía apropiado para esta ocasión.

Mis padres no tuvieron ningún problema con que la película fuera tarde. Supongo que pensaban que como no era un adolescente problemático, una película en mitad de la semana no me haría daño. Les dije que había quedado con Mike y parecieron contentos. Tomé el autobús a la ciudad para ir al cine. Como la película duraba hasta tarde, papá tendría que ir a recogerme.

Mike ya me estaba esperando cuando llegué. Llevaba una chaqueta de fútbol de Lake High, y vaqueros y zapatos negros. Le quedaban bien. Sonrió al verme pero parecía diferente. Noté que estaba preocupado por algo. También recordé que habría tenido entrenamiento de fútbol después del colegio y parecía un poco cansado.

-Hola- me dijo.

-Hola caracola- dije yo, haciéndome el gracioso.

Mike fue a comprar las entradas. Le ofrecí invitarle a algo de comer pero no quiso.

-Si como tan tarde, seguro que no duermo.

Pensé que esto era una decisión sabia y me prometí a mí mismo no comer muy tarde por mi futuro bienestar.

Mike se sentó a mi lado. Miré a mi alrededor. La gente más cercana a nosotros era una pareja como de nuestra edad, sentada siete filas más atrás. Había uno o dos chicos solos aquí y allá. El cine estaba casi vacío.

-Ni se me ocurrió preguntarte si te gustan las películas de zombis- me susurró Mike.

-Me gustan- sonreí.

Bajaron las luces para los tráileres y mensajes para el público.

Cuando llegaron los créditos, Mike se inclinó y murmuró:

-¿Te importaría si hacemos esto?

Se acercó a mí y , poniendo mi mano entre nuestros dos asientos para asegurarse de que nadie pudiera vernos, me dio la mano.

Yo estaba completamente alucinado. Aunque continué mirando la película, toda mi concentración estaba en nuestras manos. Su mano parecía tan grande y tosca comparada con la mía, pero al mismo tiempo era suave.

-Gracias- le dije.

-No, gracias a ti- me respondió sin mirarme.

Vimos la película en silencio. Creo que los dos estábamos disfrutando de esa hora de la verdad. Cuando terminó la película y se encendieron las luces, Mike retiró su mano de la mía. Sabía que ese momento de darnos las manos quedaría grabado en mi memoria para siempre. Mike parecía más relajado al salir del cine.

Vi que la camioneta de su padre ya lo estaba esperando.

-Supongo que tengo que irme- dijo Mike, mirando nervioso a la camioneta, que estaba apagada.

Justo en ese momento se abrió una puerta y una chica salió y gritó: ¡Mike, te estamos esperando!

Mike arrugó la cara.

-Es mi hermana. Su novio conduce la camioneta aunque no debería. Es un completo idiota.

Estaba demasiado lejos para ver su cara pero parecía baja comparada con Mike.

-Mike, ¡date prisa!

Su hermana parecía enfadada. Decidí que no me caía muy bien.

-Te llamaré.

Le apreté el brazo y eso le hizo sonreír.

Un momento más tarde, estaba corriendo hacia la camioneta. Una vez que Mike estaba dentro, la camioneta se alejó a trompicones, con las ruedas rechinando y haciendo humo.

-Hola Nate- dijo mi padre mientras se acercaba a mí. No me había dado cuenta de que había estado esperando en el coche cerca de allí todo este tiempo. - ¿Cómo estás?

Estaba hablando en un tono más suave que de costumbre. Sospechaba que era el tono que usaba en sus sesiones de psiquiatría. No sé por qué lo hice pero lo abracé.

El viaje de vuelta a casa fue agradable. Mi padre y yo normalmente no teníamos mucho tiempo para estar juntos. Me preguntó por la película y me dijo que quería saber más sobre Mike. Le dije que Mike jugaba en nuestro equipo de fútbol del colegio. Papá me dijo que él solía jugar lacrosse y me preguntó si aún se podía jugar en el colegio.

Aun me sentía feliz de haberle dado la mano a Mike y de haber tenido una buena conversación con papá cuando de repente dije sin pensarlo:

-¿Crees que debería invitar a Mike a cenar?

Papá no se lo pensó dos veces antes de decir que sí, lo cual era raro porque papá no cocina y debería haberle preguntado a mamá. Le recordé esto y los dos nos reímos.

-Ya sabes, hijo, que a tu madre le encanta tener invitados y apenas los tenemos, porque nuestros amigos prefieren los restaurantes. Estoy casi seguro de que mamá querrá hacer esto.

A la mañana siguiente, a la hora del desayuno, mamá estaba casi encantadísima con la idea de invitar a Mike. Kyle había dejado de venir a buscarme porque en vez de eso iba a casa de Miranda. Aun así, mamá me hizo un gran desayuno. Normalmente yo sólo tomaba un tazón de cereales a menos de que Kyle viniera a desayunar también, pero esa mañana mamá parecía tener ganas de hablar.

-Así que papá me dijo esta mañana lo de la cena- dijo sonriente-¿Cuándo la hacemos?

Parecía feliz y me contagió su buen humor lo que era raro porque yo no era de los que están felices por la mañana. Yo también estaba encantado y quería enviarle un mensaje de texto a Mike. Mamá acaba de ponerme delante un plato con huevos, papas ralladas y una salchicha. Tomé un trozo enorme de huevos y me lo metí en la boca. Tuve que abrirla para tomar aire porque los huevos estaban muy calientes.

Mamá me miró con desaprobación cuando pasé por delante de ella para tomar mi teléfono móvil.

Para mi sorpresa, ya había un mensaje esperándome cuando introduje la contraseña. Era de Mike.

Hola, lo siento por las prisas ayer por la noche.

Yo le respondí:

No hay problema. ¿Puedes venir a cenar algún día? Mis padres son buena gente.

Ya había vuelto a mi desayuno cuando me llegó otro texto.

-Genial. El viernes o el sábado me irían bien.

Le pregunté a mamá cuál de esos días era mejor para ella y me dijo que el sábado.

-Pregúntale si tiene alergias o hay alguna comida que no le guste- me dijo. Casi podía ver cómo estaba planeando el menú en su mente.

Le envié un texto:

¿Tienes alguna alergia o alguna comida que no te guste?

Me respondió:

No me gustan mucho la mostaza ni la cebolla pero el ajo sí. Extraño, ¿no?

Le dije esto a mamá.

-Bueno, es fácil complacerlo- dijo.

-Haré un plato de pasta con ensalada sin cebolla- dijo sonriendo con orgullo. Dile que venga a las seis pero no serviré la cena hasta las siete. Así tendréis tiempo de jugar a los video-juegos o lo que quieran.

Le envié un mensaje con el menú, el día y la hora y le dije que sus preferencias no eran extrañas. Él me lo agradeció y me dijo que vendría.

Durante la clase de la mañana, Miranda se acercó a mí.

-Tengo que darte las gracias de verdad por presentarme a Kyle. Es maravilloso.

-De nada.

Para mis adentros pensé: ¨Ya me odiarás más tarde¨.

-Esperaba que tú y Sarah congeniaran.

-No. Tengo otra persona en mente.

Los ojos de Miranda se iluminaron.

-¿De veras? ¿Quién?

Yo sólo sonreí y esperé a que comenzara la clase.

El sábado, los tres Lawsons estábamos limpiando la casa como si fuera a venir de visita la reina de Inglaterra. No recuerdo a nuestra familia tan unida por una sola causa antes y será para siempre uno de los recuerdos más felices de mi vida. A mis padres les encantaba la música de los ochenta así que mamá conectó su i-pod a los altavoces en la sala de estar y puso ´Blister in the Sun´de las ´Violent Femmes´ a todo volumen.

Estábamos disfrutando tanto que deseé que Katie estuviera allí para que todo fuera como en los viejos tiempos. Cuando terminó la canción, todos nos reímos. Les recordé que deberíamos estar un poco más tranquilos para cuando llegase Mike. No quería que él descubriera todavía lo rara que era nuestra familia.

-Oh, tu padre puede hacernos una receta para eso- dijo mamá.

-¡Carol!- exclamó mi padre, fingiendo desaprobación.

-¿Qué? Estaba de broma- dijo lanzándole un trapo de cocina en símbolo de rebelión.

Se querían de verdad y yo estaba feliz de que fueran mis padres.

A las seis, Play-doh empezó a ladrar. Estaba en la habitación pero sabía que Mike había llegado. Abrí la puerta y Play-doh salió corriendo para darle la bienvenida a Mike. Papá era el único que estaba abajo para recibir a Mike. Mike había traído flores. Él las había traído para mamá por preparar la cena pero fue papá quien las tomó.

-Muchas gracias- oí decir a mi padre. —Y para que lo sepas, no eres el primer chico que me trae flores.

Bajé para rescatar a Mike de mi padre y lo llevé a mi habitación. Play-doh vino con nosotros, al lado de Mike como si éste fuera su nuevo amor. Mike miró mi habitación con una sonrisa de oreja a oreja.

-Así que esta es la habitación de Nate Lawson- dijo cerrando la puerta tras de sí y caminando por ella. Play-doh se metió en la habitación justo antes de que Mike cerrara la puerta.

Miré alrededor adivinando lo que otra persona vería allí. Había una cama grade en el medio, una alfombra pasada de moda y mi escritorio con un portátil y un montón de papeles. Tenía un póster de ´New York Magazine´ pero nada de grupos musicales ni nada más aparte de un mapa. Había unas cuantas notas con cosas que tenía que recordar también.

Fue entonces cuando me di cuenta de que tenía la habitación más aburrida del planeta. Fui rápidamente a mi escritorio y tomé un papel.

-Pensé que podríamos jugar a las veinte preguntas- le dije mientras sostenía mi lista.

-¿Qué?- me dijo riéndose.

-Veinte preguntas. ¿Conoces ese juego en el que tienes que hacer veinte preguntas pero no puedes repetir las que ha dicho la otra persona?

-Okey, empieza- dijo Mike tumbándose en mi cama. Play-doh saltó a la cama también y los dos estaban allí haciéndose arrumacos mientras yo me sentaba en el suelo en la posición del loto y preguntaba la primera pregunta.

-¿Cuándo fue la primera vez que te fijaste en mí?- le pregunté.

-En la fiesta de disfraces de Marie Jamieson en octavo grado.

-Se me había olvidado que estuve en esa fiesta. Ah, sí, tú eras Tarzán- recordé

—. Recuerdo que tenías pelo en las piernas.

Mike se sonrojó, pero luego se recuperó rápidamente.

-Te toca a ti. ¿Cuál es tu afición favorita?

-Respirar- le dije. —Empecé cuando era niño y no puedo parar.

-Cállate- dijo mientras los dos nos reíamos. —Venga, yo me lo estoy tomando en serio.

-Me encanta jugar video juegos. Así que me imagino que jugar videojuegos es mi afición.

-Vale, tu turno. ¿De dónde viene tu familia originalmente? Recuerdo que el vendedor de esquíes te preguntó si eras de Noruega.

Mike se rió.

-Soy hugonote francés.

-¿Qué es eso?

Mike quería saber si eso era otra pregunta. Me reí y estuve de acuerdo con él en que era su turno.

-¿Te dice tu padre alguna vez quiénes son sus clientes?

-No, creo que es ilegal. ¿Cuál es tu religión?

-Se supone que somos presbiterianos, pero yo soy ateo.

-¿De verdad?

-Sí, ¿y tú?

-Eh, no puedes repetir una pregunta.

-Pero quiero saberlo. He oído que casi todos los médicos son ateos como yo.

-¿Eres médico?- me reí.

-No, ateo, tonto- respondió.

-No es verdad. Nosotros somos de la iglesia unitaria pero no vamos mucho a la iglesia.

-¿Qué es unitaria?

-Ja, ja. No es tu turno- dije, tratando de flirtear, aunque no muy bien.

-Okey, bueno.

-¿Cómo son tus padres?

Deseé no haber hecho esa pregunta porque su humor campechano se volvió sombrío. Me explicó que su matrimonio era infeliz y que deberían haberse divorciado hacía mucho tiempo. Me pidió que no habláramos de eso.

-Ya sé que se supone que debo quererles pero no quiero ser como ellos- dijo mirando al vacío.

De repente se volvió hacia mí y dijo:

-No juguemos a este juego. Ven aquí.

Se acercó a mí y me atrajo hacia sí. Nuestros labios se encontraron en un beso repentino y Play-doh se unió a nosotros lamiéndonos la cara. Los dos nos reímos y mamá nos llamó para decirnos que la cena estaba lista.

Al entrar a la cocina, lo primero que Mike y yo percibimos fue el olor de ajo salado que emanaba de allí. La mesa estaba puesta en el comedor y no en la cocina, que era donde normalmente comíamos. Mamá había hecho un gran esfuerzo para esta cena, utilizando incluso la vajilla buena. Había un mantel florido muy bonito que no recordaba haber visto antes.

La mesa rectangular estaba tenía capacidad para seis, con dos pares de sillas a cada lado y dos sillas en los extremos. Mike y yo nos sentamos juntos a un lado y mamá se sentó en la silla más cercana a la cocina. Parecía raro que Katie no estuviera. Creo que nunca habíamos comido en esa mesa sin ella.

Mamá vino con un plato que era una mezcla de pasta en forma de pajarita, espinacas, nata y ajo en una ensaladera grande. Me sorprendió que nos ofreciera vino. Mike y yo rehusamos y en vez de eso tomamos té helado.

-Así que Mike- dijo mi padre dejando los cubiertos en la mesa y limpiándose la boca con una servilleta- Nate me ha dicho que tu padre trabaja para una compañía que fabrica esquíes y otro material deportivo.

Estaba claro que a Mike la pregunta le hacía sentir incómodo pero la contestó.

-Sí, la compañía se llama Ronning Treski. Es una compañía noruega. Él es la persona encargada en Norte América.

-Bueno, yo hablo un poco de noruego...Nur de dur dee dur...

Papá hizo su imitación del chef noruego del viejo Barrio Sésamo y todos nos empezamos a reír.

-Muy bien, Señor Lawson- dijo Mike, con cuidado.

-No puedo creerme lo que acabas de hacer- dijo mamá.

-Mike ni siquiera es noruego, papá- añadí yo.

Mike dijo entonces que su familia provenía de hugonotes franceses.

-¿Hablas francés?- preguntó papá.

-Sí- respondió Mike.

Esto era una sorpresa para mí.

-Bueno, yo también- dijo papá, lo que hizo que a mi madre y a mí se nos cayeran los cubiertos de la risa.

-¡No lo hagas!- suplicó mamá.

-Faw, faw, faw faw, faaaaw. ¿Qué he dicho?

Mike se estaba riendo con nosotros. Me disculpé por mi padre y le expliqué que se le estaban contagiando los problemas de sus clientes.

La cena continuó con mucha conversación, preguntas, y muchas más risas. Mamá trajo un buen tiramisú para postre y jugamos a ´UNO´, lo que fue muy divertido. Ya era más tarde de la media noche cuando acompañé a Mike a su camioneta.

-Tus padres son muy agradables. Ojalá fueran los míos.

-Te los vendo baratos, pero tienes que saber que no hay devoluciones.

Quería que nos besáramos otra vez pero no quería arriesgarme a que nos descubrieran. Así que sólo nos dimos la mano.

-Gracias otra vez, Nate. Por todo. No puedo decirte lo contento que estoy.

Tenía curiosidad por escucharle decir esto en francés así que le pedí que lo repitiera.

-Nate, merci encore pour tout. Je suis si heureuse.

Mike lo dijo a la perfección. Me pareció raro oír a Mike hablando otro idioma. El francés era atractivo e íntimo y habría querido besarlo en ese mismo momento pero no lo hice.

-Yo también, Mike.

6. LA NOTA

El domingo, Kyle estaba jugando un videojuego cuando entré en su casa.

-Benditos los ojos.

-Oh, hola, ¿quieres jugar? Creo que hay como tres personas en línea aquí.

-No, en verdad venía a hablar contigo.

-Okey- dijo sin quitar los ojos del juego- ¿te ha dicho Miranda que vengas o algo así?

-No, he venido por mí. ¿Por qué?

Me dijo que Miranda le había dicho que yo había conocido a alguien pero ella no tenía ni idea de quién era. Dijo que le había estado insistiendo para que él lo averiguara.

-Así que pensé que al final me lo dirías. ¿Por qué has tardado tanto en hacerlo?

-Porque no es tan simple.

-¿Por qué no?

Le recordé cómo se había burlado un poco de mi por lo de Mike Sarafin y le dije que era verdad. Esta confesión hizo que dejara el juego y me mirara.

-¿De verdad?- dijo con cara de confusión –Pero si juega al fútbol y todo.

Esto me molestó un poco. Kyle podía ser un perfecto ignorante a veces y esto era un buen ejemplo de ello. Era un tipo divertido y habíamos crecido juntos pero había cosas de él que creo que escondía de Miranda.

-Mira, no es que esté en contra ni nada, pero ahora mismo se me está haciendo muy raro y necesito pensar, ¿entiendes?

Le dije que no lo entendía y le recordé que habíamos sido amigos toda la vida y que esto no significaba que nada fuera diferente.

-No sé, tío, tengo una novia y tengo que pensar en ella. Dame un poco de tiempo para pensar, ¿vale?

-Vete a la mierda y tómate una eternidad- le dije saliendo como un torbellino de la habitación.

De verdad había pensado que sería más comprensivo. Entré como una bala en mi casa, cerré la puerta de golpe y corrí escaleras arriba. Play-doh me siguió, intuyendo mi frustración. Sabía que tenía que llamar a Mike.

-Hola, ¿qué pasa?

-¿Tienes un minuto?

Le dije que había ido a ver a Kyle y le había contado lo nuestro. También le dije que Kyle no había sido tan buen amigo como yo esperaba. Pensé que era raro porque nunca había oído a Kyle decir nada malo de nadie. Nunca. Kyle era como un diccionario de malas palabras pero nunca decía nada malo sobre nadie en particular.

Mike estuvo tranquilo y me dijo que debería haber hablado con él antes de revelar nuestra relación. Era la primera vez que se refería a ella como una ´relación´ y eso me produjo una sensación reconfortante.

Le dije que no quería tener secretos con mis padres tampoco y le pregunté si creía que debería decírselo. Me dijo que no podía darme una respuesta ya que no los conocía lo suficiente. Me dijo que él nunca podría decírselo a sus padres porque eran gente con ideas fijas y se convertiría en un problema bíblico. Mike y yo quedamos de acuerdo en que lo mejor era que habláramos con mis padres juntos.

Me gustó hablar con Mike.

-Oye, tengo que darles cera a tus esquíes. ¿Cuándo estás libre para que yo vaya por tu casa?

Le pregunté por qué había que darles cera a los esquíes. Él me explicó que era para que se deslizaran más fácilmente sobre la nieve. Le dije que podíamos hacerlo al día siguiente después del colegio.

Después de hablar con él, ya era bastante tarde y yo tenía mucha tarea del fin de semana. Terminé lo que pude y me fui a la cama temprano.

La alarma de mi teléfono móvil me despertó a las 6.45 de la mañana. Estaba un poco desorientado. Los recuerdos de lo que había pasado el día anterior inundaron mi mente y tengo que admitir que el más fuerte era el de Kyle. Estaba muy desilusionado con él.

Me puse la bata para ir a ducharme y cuando abría la puerta, había un trozo de papel colgando de una cinta de celo pegada al marco de la puerta, justo por encima de mi cabeza.

La bajé y la leí.

"Nate,

Escuché sin querer tu conversación con Mike anoche sobre tus planes de ´salir del armario´. Lo único que necesito que planees es traer a casa zumo de naranja y pan después de clase. Estamos fuera, como tú ahora. He sabido que eras gay desde que tenías seis años, y te he querido desde que naciste. –Papá. P.D. Mamá y yo pensamos que tú y Mike hacéis una buena pareja. "

No sabía qué decir. Tuve que sentarme de nuevo y re-leerlo un par de veces. Era como un sueño. Me duché y fui abajo pero no había nadie. Tomé un tazón de cereales y pensé en mis opciones. Mamá y papá sí, Kyle no.

Tengo que decir que el lunes se me pasó como una humareda. No vi a nadie y me sentí solo de una forma extraña. No podía explicarlo. Es que si Kyle hubiera dejado un gran agujero dentro de mí. Era el fin de semana antes del viaje de esquí.

Miranda me dijo que Sarah iba a venir con su nuevo novio y me preguntó si yo iba a traer a esta ´chica misteriosa´ de la que no quería decir nada. Me di cuenta de que Kyle no le había dicho nada de lo que pasó el domingo.

Le dije que tendría que hablar con Kyle de eso. Los ojos de Miranda se iluminaron.

-¿Así que vienes con ella?

-No- le dije- No he dicho eso. Tienes que hablar con Kyle.

Le dije que Mike y yo nos íbamos ya porque él tenía permiso de conducir.

La escuela estaba animada con el viaje de esquí que se aproximaba cada vez más. Donde quiera que fuera, no paraba de escuchar a la gente hablando del viaje que era ese mismo fin de semana.

Estaba contento de que se hubiera acabado el día porque tenía muchas ganas de ver a mis padres y de hablar con ellos, y también de pasar un poco de tiempo solo con Mike. Todas sus clases eran al lado opuesto del colegio, así que rara vez nos encontrábamos allí por casualidad.

Cuando llegué a casa, mamá ya estaba ocupada en la cocina pero yo estaba casi seguro de que en realidad estaba matando el tiempo hasta que yo llegara. Estaba sonriendo cuando llegué. Me quité la mochila y fui a abrazarla.

-Este es un gran momento y estoy muy feliz por ti.

Tenía lágrimas en los ojos mientras lo decía. Eran lágrimas de felicidad pero aun así me dolió verla llorar.

-Hace mucho tiempo que quiero contarte una historia pero ahora finalmente es el momento apropiado.

Arrugué la cara.

-¿No me vas a contar algo de una experiencia lesbiana tuya, verdad?

-¡No!- dijo pellizcándome la nariz.

Nos reímos juntos.

-No. Austin Sobers era mi mejor amigo en la universidad. Le dije que había conocido a un chico maravilloso y Austin dijo que él tenía que ponerlo a prueba.

Siguió hablando.

-Para una de nuestras citas, Austin y yo llevamos a tu padre a un bar gay y tu padre se lo pasó genial esa noche. Ni se inmutó. Hasta bailó con Austin.

Me gustó mucho esa historia.

-Dices que era tu mejor amigo. ¿Pasó algo entre ustedes alguna vez?

-No. Murió de un ataque al corazón cuando sólo tenía cuarenta y tantos años.

-Lo siento.

Justo entonces escuché la camioneta de Mike al lado de la casa y escuché que Mike ya estaba en la puerta.

-Mamá, no le he dicho nada de la nota a Mike todavía. Así que deja que yo me ocupe de esto, ¿okey?

-Vale, de acuerdo.

Mike entró y dijo:

-Hola, Señora Lawson.

-Mike, llámame Carol- dijo ella.

Mike me miró con confusión.

-Luego te lo explico- le dije.

Fuimos a mi habitación a tomar los esquíes y le enseñé la nota a Mike.

-Vaya, esta nota es estupenda- dijo −Es oficial, tienes los mejores padres del mundo.

Le quité un poco de importancia. Luego le dije que solían castigarme, aunque no creían en los azotes, así que yo había pasado mucho tiempo ´en la esquina´ por mal comportamiento.

-Pasé tanto tiempo en la esquina, que decidí llamarla mi ´alquiler de vacaciones a tiempo parcial´.

Mike se rió y dijo que yo era muy gracioso.

Bajamos los esquíes al garaje y Mike trajo los suyos de la camioneta. Sus esquíes eran Ronning Treski, claro. También se veían increíbles. Me pregunté si los había traído para presumir.

Mamá, que casi nunca pasaba por el garaje, preguntó si ella también podía mirar.

-Claro- dijo Mike.

-Traje mis esquíes por si acaso no acierto con mi sistema de darles cera. Así si lo hago mal, lo hago primero en mis esquíes.

Me sentí avergonzado de mi pensamiento anterior de que quizás quería presumir. Mike era un tipo modesto. Nos mostró una plancha, una regla, un palo de cera y un cepillo. Nos explicó que esto era la lección de dar cera ´para pobres´. Luego nos dijo que llevar los esquíes a encerar sólo costaba veinte dólares, pero que en los ahorros, todo cuenta.

Mamá miró la plancha vieja y le preguntó a Mike si era de su madre. Mike se rió y dijo que era la que su madre usaba antes. Ahora, sólo la usaban para encerar tablas y esquíes.

Aproveché la oportunidad para mirar a Mike sin ser visto mientras él trabajaba. Tenía el cuerpo de un oficial del ejército y una cara de facciones finas. Sus ojos eran casi almendrados, lo que le daba un aspecto serio, pero cuando sonreía esto suavizaba sus rasgos faciales. Era alto y con una buena constitución. Con su sweater grueso, parecía un instructor de esquí.

Mike mantuvo la plancha caliente sobre su tabla y con cuidado puso la pastilla de cera sobre la plancha, de manera que ésta goteara sobre los esquíes. Después empezó a planchar los esquíes explicando que así estaba repartiendo la cera. La dejó reposar durante cinco minutes y luego, con la regla, quitó lo que sobraba de cera, dejando una fina capa brillante. Cepilló los extremos y los esquíes quedaron como nuevos.

Cuando había acabado, mamá aplaudió y Mike se rió. Terminó mis esquíes y dijo que volvería el viernes por la noche después de clase para recogerme.

Mike y yo fuimos un día antes para tener un poco de tiempo solos. El complejo de esquí tenía partes que eran para grupos grandes pero también un hotel para grupos más pequeños. Como Mike tenía diecinueve años y una tarjeta de crédito, podía alquilar una habitación en vez de ir al alojamiento de los estudiantes. Pagamos la habitación del hotel a medias.

Mike dijo que sería mejor dejar todo el equipo de esquí en la camioneta. En el hotel nos dieron una habitación con dos camas dobles. Nos cambiamos de ropa y nos pusimos nuestra ropa de esquí rápidamente en la habitación.

Debo admitir que Mike estaba muy guapo en su ropa de esquí. Él ya había comprado los tickets para los elevadores y los pases en el mostrador. Era fácil ver que era un profesional. Fuimos a la camioneta y tomamos nuestros equipos de esquí. Mike incluso me enseñó a llevar mi equipo de una forma segura cuando había gente alrededor.

Era raro caminar con las botas de esquí pero me acostumbré. Pensé que íbamos al elevador.

-Eh, ¿a dónde crees que vas?

-Pensé que íbamos a esquiar.

-Sí, pero primero tenemos que practicar lo básico en lo plano.

Mike puso sus esquíes en la nieve, uno paralelo al otro. Tomó los míos e hizo lo mismo con ellos.

-Tienes que alinear las ataduras de esta manera.

Después me enseñó cómo atar mis botas a mis esquíes. Vi cómo quitaba la nieve de más de las botas con cuidado. Después arañó la parte de delante de su bota con la atadura y puso su bota, empezando con la parte de los dedos, y después ató la parte de atrás. Me iba explicando todo mientras lo hacía.

-Tienes que estar seguro de que la parte de delante y de atrás de tus botas están perfectamente alineadas.

Hice exactamente lo que me decía sin ningún problema.

-Perfecto- dijo. No levantes los pies, sólo acostúmbrate a la sensación de los esquíes mientras te deslizas, usando los bastones para mantener el equilibrio.

Lo hice con facilidad. Después me dijo que levantara la pierna izquierda, diera un paso a un lado, e hiciera lo mismo después con la derecha. Quería que fuera a un lado y luego regresara. De nuevo lo hice sin problemas. Me parecía que ya estaba listo para esquiar pero también sabía que estaba muy lejos de estar preparado.

Había una pequeña cuesta de práctica cerca de allí y me dijo que allí sería donde empezaríamos. Así que empecé a moverme en dirección a la cuesta pero según subía me di cuenta de que estaba yendo hacia atrás.

Me volví hacia Mike a quien esto parecía divertirle.

-Bueno, como te iba a explicar, tienes que ir de lado a lado en la cuesta, así.

Pasó a demostrarme el ángulo e inclinación que sí funcionaban.

Al principio, me sentía tonto haciéndolo pero después me di cuenta de que todos los demás lo hacían también.

Mientras Mike desayunaba y yo miraba a la nada en un estado semiconsciente causado por la falta de sueño, le dije que iba a llamar a Kyle para preguntarle dónde estaban.

-Debería haberte enseñado esto mientras estábamos en terreno plano, pero lo haré aquí.

Mike me mostró cómo reducir la velocidad utilizando una técnica llamada el ´quitanieves´, que consistía en poner juntas las partes de delante de los esquíes, mientras las partes de atrás se separan para reducir el empuje. Dijo que era importante hacerlo gradualmente para mayor precisión y equilibrio.

Mi primera vez fue maravillosa porque fui capaz de pararme por completo. Pasamos unas cuantas horas en la pista de práctica. Estuve un poco preocupado de que esto fuera aburrido para Mike pero no parecía importarle mientras me explicaba todo y me seguía enseñando.

Parecía ser un gran profesor porque entonces paró y me dejó esquiar solo un par de veces. Tengo que admitir que fue muy divertido. Quería ir más y más rápido pero entonces ocurrió lo inevitable. Me caí. Tuve suerte de que Mike estuviera esquiando detrás de mí porque vino hasta mí y paró.

-Ahora es el momento de explicarte cómo levantarte de una caída.

-¿Hay instrucciones para eso?- pregunté.

-Claro.

Como soy tozudo, traté de hacerlo sin que me lo explicara pero no dejaba de caerme. Él se quedó allí sonriendo. Al final, lo di por imposible y el me mostró cómo alinear los esquíes de forma perpendicular a la cuesta para poder salir sin ir a parar más abajo. Tengo que admitir que tuve un poco de dificultad con esto movimiento, lo cual fue un poco frustrante.

Al final, fue un día maravilloso con Mike. Pusimos nuestras cosas de esquí en la camioneta y regresamos a nuestro hotel.

-Gracias- respondió Mike, sonriendo de oreja a oreja e indicándome que lo siguiera al ascensor.

Podía sentir como mi corazón latía más y más fuerte a medida que me acercaba a la habitación. No cabía duda de que me atraía, era inteligente, gracioso y extremadamente carismático. Los dos habíamos reservado esta habitación el día anterior para pasar tiempo solos el uno con el otro. Íbamos a estar a solas nosotros dos, sin estudiantes, sin profesores y sin interrupciones. Era la primera vez que íbamos a estar solos en una habitación sin ninguna distracción. Una sensación de nerviosismo me corrió por el cuerpo.

Había una buena vista desde la habitación, una vista de las montañas y de los bosques de los alrededores. Aunque era de noche, pudimos ver a algunos esquiadores que estaban animados bajando por las cuestas. Otros estaban juntos alrededor del fuego de la cabaña principal, charlando y riendo con sus bebidas calientes.

Mike se había ido a comprar chocolate caliente. Yo decidí darme una ducha mientras tanto, para refrescarme. El esquiar todo el día me había dejado la espalda un poco dolorida y tenía algunos moratones. Además me apetecía una ducha caliente para combatir el tiempo helado.

Encendí el fuego, tomé mi toalla y me dirigí a la ducha. Cerrando la puerta detrás de mí, entré en ella.

El baño tenía uno de esos sistemas multiusos tipo ´spa´. Lo puse en ´Spa Masaje´ y sentí la presión del agua caliente sobre todo mi cuerpo. Me vinieron a la cabeza varios pensamientos, pero decidí ignorarlos. Ya me preocuparía de lo que iba a pasar más tarde. Por ahora, sólo quería relajarme y disfrutar la intensidad de la presión del agua caliente.

Habían pasado unos momentos cuando oí el sonido de la puerta abriéndose.

-¡Estoy aquí!- dije rápidamente.

No hubo respuesta.

Miré a través de la cortina transparente de la ducha y vi que Mike había entrado en el baño y me estaba sonriendo. Me di cuenta de que no había tenido cuidado de cerrar la puerta con llave.

Mike se estaba desatando la camisa mientras me miraba de forma traviesa. Me puse duro al ver el pelo en su pecho. Se bajó los pantalones y quedó completamente desnudo a mi lado. Yo me sentía un poco inseguro porque parecía mucho más grande que yo que soy delgaducho. Le sonreí yo también, inocentemente, sin saber lo que iba a pasar después. Él se acercó para darme un beso y se metió en la ducha conmigo.

7. CONFUSIÓN

Mike puso la alarma para las ocho de la mañana. Yo fui el primero en despertar. Le envié un texto a Kyle pero no respondió, así que llamé a Miranda. Ella sí respondió y me dijo que estaban en la autopista, a cinco minutos de su punto de partida y todavía a más de cien millas de nosotros. Lo primero que se me ocurrió decirle a Mike es ´ya te dije que no nos hacía falta levantarnos a las ocho´.

Mike aún estaba dormido a mi lado. Cuando se lo dije, contrajo la boca de una forma para la que no existen adjetivos.

-Estoy seguro de que estarán aquí para las diez.

Después me abrazó por la cintura y volvió a dormirse.

Mike y yo dormimos una hora más antes de despertarnos para empezar el día.

Sacamos la comida y demás de la camioneta. Yo llamé a Miranda otra vez para decirles dónde estábamos. Cuando colgué, le conté a Mike que habían parado a tomar gasolina, pero que ya estaban de nuevo en la carretera. Él asintió con la cabeza. Yo hice una pausa dramática y luego le dije:

-Todavía están en la autopista. No han empezado a subir la montaña. Otra vez frunció la cara y mi presumida voz interior dijo: ¿Lo ves? No era necesario levantarse a las ocho.

-¿Es así como va a ser estar casado contigo?

Me reí.

-Depende en qué estado te cases conmigo.

-Nevada- me dijo.

-¡No! Las bodas rápidas no están en mi agenda.

Después de una serie de llamadas telefónicas, supimos que habían tomado la salida ochenta y que estarían en la cabaña en diez minutos.

El autobús llegó a las diez y media. Nos presentaron al nuevo amor de Sarah. Kyle todavía estaba distante conmigo pero extrañamente amigable con Mike.

Aunque había varios expertos esquiadores en el grupo, la mayoría se enfrentaron a sus miedos tomando una lección inicial de Mike. Fue como si él se nombrara a sí mismo ´Don Instructor de Esquí´.

Empezamos el descenso por la montaña, sin registrar una sola caída. Bueno, la verdad es que he introducido un poco de ficción en esta parte. ¿Nos caímos? Claro que nos caímos. De hecho, nos caímos como una fila de dominós. Kyle se cayó. Miranda se cayó. Sarah se cayó. El nuevo novio de Sarah se cayó. Claro, he dejado lo mejor para el final. Yo, como hubiera predicho un hacedor de lluvia en los trópicos, me caí también. ¿Por qué mentir? ¿He dado a entender que nos caímos una sola vez? En realidad, Kyle se cayó otra vez. Miranda se cayó otra vez. Sarah se cayó otra vez. El nuevo novio de Sarah se cayó otra vez. La única pregunta era ´cuándo´. Y yo me caí otra vez, y otra vez, y otra vez, y otra vez. Sin embargo, yo tenía una caída rara, porque siempre rodaba por el suelo después de caerme. Me caí tantas veces que todo el mundo empezó a llamarme ´la bola de nieve´.

Al anochecer, había más nieve en la montaña. El único que superó a las leyes de la gravedad fue Mike, cuya sola caída había sido su culpa. Su caída sólo ocurrió porque me caí encima de él, tomándole por sorpresa cuando estaba a mi lado.

Cuando volvimos a la escuela, todo el mundo hablaba del viaje de esquí. Circulaban historias de quién estuvo con quién y quién vomitó toda la noche. Yo sólo estaba contento de que no hubiera historias sobre lo mío con Mike.

Normalmente no veía a Mike durante las clases, pero al menos solía recibir un mensaje de texto. Le envié uno a las diez de la mañana y no me respondió.

Para la hora de la comida, miré por alrededor y no le vi, así que le envié otro mensaje. Cuando llegué a casa del colegio, lo llamé y le dejé otro mensaje pidiéndole que me llamara.

Estaba tan preocupado que no pude ni comer. Mi madre quería saber si algo me estaba preocupando, pero mentí y le dije que no me encontraba bien.

¿Qué podía haber ocurrido? ¿Qué había hecho yo? No dormí nada esa noche.

El martes se pasó como un suspiro. Ni siquiera fui a clase de historia para ver si lo encontraba. Al final rompí la guerra fría con Kyle y le envié un mensaje preguntándole si Mike había estado en la asamblea esa mañana.

Kyle me envió un mensaje diciendo que sí.

De nuevo regresé a casa y no había tenido llamadas ni mensajes de texto. De nuevo no pude comer y logré dormir sólo unas pocas horas.

Cuando llegó la mañana, estaba delirante de no haber dormido, de hambre, de cansancio emocional, y del no saber qué estaba pasando. Pensé que me enfrentaría a él preguntándole por qué no estaba contestando mis llamadas o a mis mensajes. Sabía que tenía práctica de fútbol el miércoles. Me forcé a mí mismo a esperar fuera de la taquilla del gimnasio, sabiendo que cuando Mike hubiera terminado, tendría que salir por allí. No sabía lo que iba a decirle, pero contaba con que en el momento se me ocurriría algo que no fuera estúpido o errado.

Mike pareció realmente sorprendido de verme allí de pie al lado de la taquilla. Pero incluso sonrojado, estaba guapo. Tenía el pelo diferente y peinado hacia atrás después de la ducha.

-Mike, ¿qué pasa?

-Hola- me dijo nervioso.

Miró hacia atrás y pasó rápidamente por delante de mí. Me di la vuelta y corrí tras de él, con mi mochila tan pegada al pecho que era difícil respirar.

-¿Por qué no has devuelto mis llamadas?

-No sé. Ahora no es un buen momento- empezó a ir más rápido. Me estaba costando ir a su velocidad y al final me tropecé y caí. No me quedaba dignidad y quería llorar. Me levanté y él se quedó ahí parado, como a diez metros de mi.

-Yo sólo era un rollo de una noche, ¿no?

Me miró a los ojos. Pensé que iba a llorar pero entonces miró a otra parte.

-Mira, hay algunas cosas con las que no puedo ahora mismo. Lo siento- me dijo y desapareció detrás de una puerta. Pude oír sus pasos alejándose. Estuba como en una nube al llegar a casa.

Ya estaba oscuro cuando llegué a casa y no quería que nadie me viera. Estaba exhausto, deprimido y vacío. Vi a mi madre en la ventana. La observé desde fuera y esperé hasta que estuviera abajo para entrar.

-¿Nate?- me llamó desde abajo.

-¿Sí?- le dije mientras subía a mi habitación.

No fui capaz de decirle lo de Mike porque les caía tan bien y le admiraban tanto.

Mi teléfono empezó a sonar. Era Miranda.

-Oye, lo siento y ya lo he arreglado.

No entendía lo que me estaba diciendo pero entonces me di cuenta de que estaba hablando de cómo Kyle me había estado ignorando.

-Kyle fue un estúpido tratándote como te trató y le leí la cartilla. Mañana es su cumpleaños como sabes, y le dije que no haríamos nada ese día y que tiene que pensar en una manera de compensarte.

Le di las gracias. Me dijo que se enteró de todo cuando fuimos a esquiar y cuando Mike y yo estábamos delante. Por fin hizo que Kyle se lo contara. Después me dijo que ella tenía un hermano gay y que era el mejor hermano del mundo.

Era muy agradable pero yo no estaba de humor para hablar.

Justo entonces mamá llamó a la puerta. Le dije a Miranda que esperara un momento. Mamá me dijo que la cena estaba lista. Le mentí y le dije que tenía mucha tarea que hacer y que ya había comido.

-¿Dónde?- me preguntó.

Me dolió decirlo.

-En casa de Mike- mentí.

-Oh, ¿al fin has conocido a sus padres? ¿Cómo son?

Le dije que estaba hablando por teléfono con la novia de Kyle y que tenía mucha tarea que hacer y se lo contaría al día siguiente. Regresé a mi conversación con Miranda quien me dijo que tenía que irse porque tenía a Sarah en la otra línea. Estaba casi contento porque no me apetecía hablar. Estaba cansado y quería dormir.

Literalmente lloré hasta quedarme dormido.

Dormí por casi diez horas. Estaba aún más cansado cuando me desperté. Pensé que quizás estuviera enfermando porque todo mi cuerpo estaba entumecido. Era sábado pero la casa estaba vacía. Mis padres estarían paseando a Play-doh. Anduve un poco por la casa pero luego regresé arriba y dormí otras siete horas.

Me despertaron unos golpecitos en la puerta.

Aún medio-dormido, la abrí. Era mi padre.

-Creo que querrás ver lo que pasa abajo.

Le dije que iba a lavarme los dientes y la cara y bajaría.

Después de lavarme en el baño, bajé y me encontré allí a Kyle, muy bien vestido y con flores en la mano.

-Es mi cumpleaños y quiero que salgamos.

Debo admitirlo. Me dibujó una sonrisa en la cara. Me explicó que había sido un estúpido y que había dejado que el miedo le superara. Me pidió perdón y dijo que lo había estado planeando toda la noche.

-Bueno, es tu cumpleaños. Déjame ir a buscar mi abrigo.

Realmente no estaba de humor y se lo dije mientras caminábamos hacia el coche de su madre.

-¿De veras? Venga, he planeado toda la noche, tío. Es una sorpresa.

Fue como si me desplomara emocionalmente y le dije que Mike me ignoraba después de haber hecho el amor.

Kyle cambió de idea y dijo:

-Por favor, tío, no me cuentes los detalles sexuales.

Me enfadé un poco y le dije:

-¿Ves? No has cambiado.

-Venga, tienes que darme tiempo. Esta noche es mi noche.

-¿De qué? ¿De ser gay?

-Bueno, algo así- dijo con una sonrisa.

Miré hacia atrás.

-¿Qué pasa?

-Piénsalo, ya tengo mi licencia completa pero como hasta las paredes tienen oídos no puedo entrar en detalles hasta que estemos en el coche.

-No, gracias, Kyle. Lo aprecio de verdad pero no puedo.

-Mira, estás haciendo que recurra a medidas drásticas. Me tendrás que perdonar por hacerte chantaje pero...

-Mis padres ya saben que soy gay.

-Oh, no, no con eso.

-¿Entonces con qué?

-Prométeme que si te doy una pista saldrás conmigo esta noche.

-¿Cuál?

-No. Prométemelo.

Kyle estaba empezando a enojarme. Corrección, a enojarme más de lo normal.

-Okey- dije en frustración.

-No te pongas nervioso, pero sé algo sobre Mike.

Salté y me puse muy nervioso.

-¿Qué? Dímelo. ¡Tengo que saberlo!

Le agarré el brazo pero él se resistió. Kyle y yo nos metimos dentro de la camioneta Chrysler vieja de su mamá. Había estado en la familia McAllister por tanto tiempo que ya no se sabía ni el año ni el color original. Entré pero aún estaba enfadado.

Kyle aceleró como un loco.

-¡Hurra! ¡Esta noche vamos a un restaurante y a un bar gay!

-Estás de broma, ¿no?- le dijo con enfado. -¿Por qué ibas a ir tú a un bar gay?

-La verdad es no iba a ir hasta que me enteré de que en este bar gay que se llama Ironman tienen cerveza por dos dólares.

-¿De veras? ¿Así que te pasas al lado oscuro por cerveza barata? Espera un momento, yo soy menor de edad. ¿Cómo vamos a entrar?

Kyle estaba muy orgulloso de sí mismo. Lo había planeado todo. El hermano de Miranda conocía al hombre de seguridad de la puerta y le había pedido que en esta ocasión hiciera la vista gorda.

-Con lo cual quiero decir que ha intervenido un billete de veinte- dijo sonriendo.

8. LA FAMILIA

El restaurante y el bar estaban dos pueblos más allá. Del restaurante había oído hablar. Se llamaba Casper y tenía una sala de piano además del comedor. Me sorprendió que Kyle hubiera hecho reservas.

Después de la cena, fuimos a Ironman. A pesar de su esfuerzo por reaccionar de forma sutil, Kyle parecía estar confuso, contrariado y desconcertado por todo. Era obvio que lo de que yo fuera gay le ponía nervioso. Y no podía ni imaginarse que Mike fuera gay, con lo cual yo me sentía un poco insultado.

Kyle se había quitado el desconcierto de encima, y así fuimos a Ironman, uno de los bares gay más significativos, el día de su decimonoveno cumpleaños. Lo que no sabíamos era que Ironman era un bar de ´cuero´. No tuvimos que preocuparnos de buscar al hermano de Miranda o a su amigo porque no había nadie en la puerta para verificar nuestra identificación, ni tampoco, por cierto, en el bar. De todas formas, me pareció que hubiera estado demasiado oscuro para hacerlo.

Kyle y yo pedimos ron con Coca Cola en vez de cerveza. El ambiente de Ironman era ruidoso, oscuro y estimulante. El bar estaba lleno de hombres con barbas que estaban solos, unos cuantos ´drag-queens´ y casi ninguna mujer. Todos estaban esperando conocer gente en uno de los locales gay más populares de la ciudad. Pude ver que Kyle se sentía incómodo, a pesar de sus esfuerzos por aparentar lo contrario.

Sin embargo, después de tres vasos de ron con Coca Cola, empezó a dejarse llevar. Yo mismo me sentía animado y estuvo bien no pensar en Mike por un rato.

-Bueno, esto parece un sitio con clase- dijo con sarcasmo mirando a los hombres con mucho cuero y el trasero al aire- no hay uno solo tipo aquí que me tenga fichado.

-No seas tan presumido- le dije, a sabiendas de su forma de ser tan molesta. Sabía que hacerse el grande y orgulloso le ayudaba a sentirse más en control en situaciones difíciles.

-Sólo digo lo que veo, tío. De hecho, parece que todo el mundo está fichando a todos los demás. Justo lo que había imaginado para mi fiesta de cumpleaños al cumplir dieciséis años- continuó.

Seguí ignorando sus comentarios mientras observaba el bar. Tengo que admitir que en parte tenía razón. Esto era, sin lugar a dudas, un lugar para ligar. Los camareros sin camisa y los camareros de detrás de la barra se movían ágilmente, intentando atender a un gran número de clientes. Una música para inducir traces sonaba a gran volumen desde los altavoces, y yo no podía sino darme cuenta de que muchos hombres llevaban cuero y cadenas. Hasta para mí era demasiado.

Cuando estaba borracho, después de su cuarto ron con Coca Cola, Kyle quiso ir a dar una vuelta por el bar. No habíamos llegado muy lejos de nuestros sillas cuando Kyle vio a una joven drag-queen que llevaba tacones altos, un vestido apretado y una peluca. Su maquillaje era perfecto.

Kyle la miró sin dar crédito a sus ojos y fue hacia allí para presentarse.

-Sé que eres un hombre.

Ella puso los ojos en blanco.

-Increíble. Tu habilidad para predecir lo obvio es increíble. Debes tener poderes.

O Kyle no entendió el sarcasmo, o realmente estaba muy borracho.

-Los tengo. Dime, ¿cómo te la guardas dentro? ¿No te duele?

-¿No deberías presentarte primero?

-Oh, soy Kyle, y no soy gay.

-Todos empezamos ahí y luego progresamos.

De nuevo, Kyle no se dio cuenta del sarcasmo.

-Este es mi amigo Nate. Él es el que es gay.

-Hola Nate, puedes llamarme Amanda Peon.

Me reí.

-No seas maleducado, Nate. Por favor, Nate Lawson tampoco es un nombre que vaya a ganar ningún premio.

Amanda miró a Kyle como si se estuviera preguntando cómo alguien podía ser tan estúpido.

-Tendrás que perdonar a mi amigo. No hace mucho que es gay- dijo Kyle como si él entendiera todo el mundo de los gay.

–Así que, ¿eres de por aquí?

-No, vivo en ´Lluvias Doradas´. Es un nuevo edificio en la parte este de la ciudad.

-¿De veras? Y los apartamentos son caros?

-Depende de lo quieras, cariño.

-No sé, lo digo porque mi tía, que es vendedora de casas, me dijo que es mejor comprar un apartamento de dos habitaciones porque luego se vende mejor.

-Oh, Dios mío- dijo Amanda poniendo los ojos en blanco.

Todos a nuestro alrededor se estaban riendo, yo incluido.

-¿Así que aquí es donde vienen ustedes a conocer gente?- preguntó Kyle incómodo, todavía intentando procesar todo.

-Sí, es uno de los mejores bares gay de la ciudad. Así que sí, es un buen lugar para ´conocer´ gente- contesté honestamente.

Esto prometía ser una noche interesante.

-Interesante, muy interesante- respondió. Tomando un largo trago de su ron y Coca Cola, Kyle pareció quedar distraído por lo que aparentaba ser una rubia bellísima en una mini falda y tacones, que estaba caminando hacia la parte de la sala.

-Perdona- me dijo antes de que yo pudiera decir nada- pero tengo cosas importantes que hacer.

Antes de que me diera cuenta, Kyle había encontrado la valentía para acercarse a la rubia y estaba empezando una conversación con ella. Ni que decir tengo que yo ya estaba acostumbrado a su comportamiento y pedí otro cubata mientras esperaba a que él intentase ligar con ella.

Mientras los observaba, inmersos en una conversación que parecía ser muy profunda, observé lo apretado que era su vestido, el alto de sus tacones, el volumen del maquillaje, y, más que nada, la forma tan descarada en que flirteaba con Kyle. ¿Podía ser verdad?

Sonreí para mis adentros y pensé dejar que la situación continuara un rato antes de hacerle a Kyle enfrentar la realidad de ella. Claramente estaba borracho y no podía distinguir ni el blanco del negro, y mucho menos a una mujer de una imitación.

-Este será un cumpleaños que recuerdes siempre- pensé para mí.

Mientras el borracho Kyle iba a por la yugular, saqué mi teléfono para el gran momento. El que un hombre vestido de cuero con una correa se interpusiera y saliera en la foto, hizo aún más cómico el momento en que le di al botón de la cámara.

Lo dejé pasar por varios minutos y luego los separé.

-¿Recuerdas a Amanda?

-Oh, mierda, tío. No vas a decir nada, ¿no?- dijo con dificultad.

-Venga, vámonos a casa. Iremos en taxi. Creo que hemos bebido demasiado.

-Sí, pero esto queda entre nosotros, hermano…Quiero decir lo del beso y lo del bar gay y, en fin…ella ya sabe lo del bar gay, pero lo del beso…

-No te preocupes. No voy a DECIR nada.

Sin embargo, pensé para mí mismo, una imagen vale más de mil palabras o vale más de mil dólares en chantajes, no recuerdo como dice el dicho.

-¡Eres el mejor!

A la mañana siguiente, tenía una resaca impresionante.

Hice un último esfuerzo y le envié un mensaje de texto a Mike. Me sorprendió quedando de acuerdo en quedar en el restaurante ´Kagens´ en el centro de la ciudad.

Aunque me sentía fatal, tomé el siguiente autobús para verlo. Planeé mentalmente cada posible conversación, y todas terminaban en dejar nuestra relación. Había perdido el interés en mí. Pero, basándome en la conversación con Kyle, concluí que Mike quería acabarlo porque sus padres no estaban de acuerdo con eso de ser ´gay´. Sólo estaba seguro de una cosa, de que Mike iba a terminar nuestra relación.

Kagen´s era nuestro restaurante más cercano. Había abierto en los ochentas pero su estilo era una imitación de los cincuentas. Mike estaba sentado en una mesa cuando llegué. Mi corazón estaba latiendo a mil latidos por segundo. Me estaba esperando. No parecía más contento que la última vez.

-Oye, no se te ve tan bien.

-Vaya, estoy muy sorprendido de que quisieras quedar.

-Las cosas son diferentes ahora. Y te debo una explicación. ¿No has leído el periódico?

Justo entonces llegó la camarera con los menús.

-Hola, guapos. ¿Quieren saber que está en oferta especial?

No esperó a nuestra respuesta.

-Nuestra sopa del día es tomate con albahaca. Tenemos costillas por 9 dólares noventa y cinco, y el pastel de hoy es de cereza. ¿Les traigo algo para beber?

Los dos pedimos Coca Cola.

Mike esperó a que la camarera no pudiera escucharnos y luego empezó a hablar.

-Nate, no sabes nada sobre mi familia porque no quería meterte en ello. Dejé de hablar contigo porque mi padre nos iba a sacar de aquí en mitad de la noche. Nos dijo que no dijéramos nada a nadie.

Quería decírtelo. Quería verte pero no podía. Estaba malversando los fondos de su compañía y lo arrestaron antes de que pudiéramos escapar.

Yo no estaba preparado en absoluto para esta conversación. De repente me di cuenta de que esto era lo que Kyle sabía y no podía decirme. Creo que Miranda lo sabía también y por eso se aseguró de que Kyle estuviera conmigo en su cumpleaños.

-Es un narcisista egoísta y sin sentimientos- continuó Mike. —Espero que se pudra en la cárcel. Nuestra casa es como un cementerio. Mi madre toma pastillas que tu padre le receta. Sí, ella es paciente de tu padre pero, ¿sabes qué? No lo culpo. Ella no ha tenido vida ni amor. Se quedaba días enteros en la cama cuando yo era niño. Nunca sabía si iba a comer o no. Ahora es como un zombi que prepara comidas y prepara la ropa. Por eso te pregunté si sabías quiénes eran los pacientes de tu padre cuando estábamos jugando aquel juego en tu habitación.

Fue entonces cuando Mike se desplomó y lloró. Tenía todo esto guardado dentro de sí. Creo que no estaba acostumbrado a llorar porque le salió mal. Yo me fui de mi asiento y me acerqué al suyo para abrazarlo, y él agradeció mi cariño. Nadie más se dio cuenta en el restaurante.

Cuando se había calmado, traté de encontrar las palabras adecuadas para hacerle sentir mejor.

-Mike, lo que no sabes sobre mi padre es que su padre era un alcohólico con muchos problemas en su vida. Por aquel entonces, la psiquiatría no sabía cómo ayudar a la gente como mi abuelo. Acabó por suicidarse en un hospital psiquiátrico. Lo digo porque esto le dio la motivación a mi padre para arreglar el sistema desde dentro, para que la gente como su padre pudiera obtener ayuda.

Pareció recompuesto para cuando la camarera trajo nuestras bebidas y anotó nuestras comandas.

-¿Sabes? Has dicho lo correcto. Siento haber estado tan distante y no puedo creer que pensaras que sólo eras un rollo de una noche para mí. Porque en mi mente, eras mi única razón para vivir.

-Ya. Nuestras mentes siempre van a lo peor.

-Estoy feliz de que no me odies. Yo me odiaría a mí mismo si fuera tú.

Negué con la cabeza.

Estuvimos sentados, mirándonos en silencio. Imagino que los dos sabíamos que nos queríamos mucho el uno al otro.

Llegó nuestra comida y yo tenía lo único que podía hacer este momento especial.

Saqué mi teléfono móvil y le enseñé a Mike la foto de la noche anterior.

-¡Por el amor de Dios! ¿Ese es Kyle?

Desde hacía mucho tiempo, mi hermana siempre tenía un novio para traer a casa el día de Acción de Gracias. Tengo que admitir que esto me daba un poco de envidia porque yo no tenía a nadie. Mi hermana no le daba mucha importancia pero fue agradable cuando se apresuró a mi habitación para abrazarme.

-No te enfades. Mamá y papá me han contado las buenas noticias. Me muero de ganas de conocer a Mike.

-No estoy enfadado en absoluto, papá y mamá ya lo conocen. Sólo es que su familia no es como la nuestra. De hecho, es una familia patas-arriba.

Le hablé de la situación. Mi hermana me escuchó atentamente y con preocupación.

-Bueno, tendremos que ser nosotros su familia entonces. No hay más que hacer- dijo decididamente.

Luego me dijo que su novio Braden le había contado que tenía un tío gay. Dijo que a Braden no le importaría para nada, pero que quería asegurarse de que no hubiera sorpresas cuando viniera a cenar.

Fue un momento emotivo porque sabía que mi familia era maravillosa y que Mike también era una parte de ella. Casi la pieza que faltaba.

-Mike, me estaba preguntando, ¿Y si organizamos un evento de esquí familiar y te invitamos?- preguntó papá mientras se acercaba a Mike para hablarle solo a él.

—Tú serías nuestro invitado, claro, y te pagaríamos por enseñarnos.

Papá explicó entonces que yo le había contado lo paciente que Mike había sido conmigo. Mike sonrió y dijo que le encantaría, pero que no aceptaría ofertas monetarias.

Durante la cena, papá dijo que tenía algo que anunciar. Hizo un brindis por Braden y Mike, por traer un poco de sentido común a esta familia ´de locos´. Todos nos reímos.

-Acabo de tener noticias de nuestro instructor de esquí, Mike, diciendo que ha aceptado el reto de enseñar a los Lawsons y a Braden a esquiar.

-¡Caramba!- exclamó Katie.

-Sin embargo, es un mal hombre de negocios porque ha rehusado aceptar compensación financiera.

-¡Mike! ¡Por favor! No sabes en lo que te metes. Sea lo que sea lo que te ha ofrecido, debes cobrarle el doble- dijo mamá.

Todos nos reímos.

-Estamos todos aquí y creo que deberíamos decidirlo a votación. Todos los que estén a favor de que Mike acepte compensación financiera, levanten la mano.

Todos levantamos la mano excepto Mike, que estaba empezando a ponerse rojo de vergüenza.

-Un momento, ¿no hay una opción de veto?- Mike preguntó en su defensa.

-No- dijo papá.

-No, Mike. Ganamos todos nosotros.

-Un momento, ¿cuánto le vas a pagar?- preguntó mamá.

-Déjame consultarlo con mi calculadora imaginaria.

Papá movió los dedos en el aire como si lo estuviera calculando.

-Oh, no, eso era mi guitarra imaginaria. El instrumento erróneo.

Levantó la mano izquierda e hizo el mismo movimiento.

-Mil dólares.

-Pero yo dije que el doble- añadió mamá.

-Okey, dos mil dólares.

-¡Oh dios mío!- dijo Mike escandalizado.

-Papá está loco- dije yo.

-Papá está borracho- añadió Katie.

-No, cariño, está bebiendo zumo de ciruelas- replicó mamá.

Todos nos reímos a carcajadas.

Esta vez cuando acompañé a Mike a su camioneta, fue muy diferente a la vez anterior que vino a cenar.

-Tengo que admitir que esta ha sido la mejor cena de Acción de Gracias de mi vida- dijo Mike.

-La mía también.

Nos besamos sin pensarlo dos veces.

FIN

Icon Empire Press

ACERCA DEL AUTOR: Robert Joseph Greene es autor y escritor independiente. Sus historias cortas han sido publicadas en revistas tanto electrónicas como impresas de todo el mundo.

También da charlas sobre la psicología del amor y sobre la experiencia humana.

Otros libros de Robert Joseph Greene...

Historias de amor gay de Todo el Mundo
(ISBN 9781927124222)

La colección de cuentos cortos ofrece una variedad maravillosa de amor entre hombres de todas partes del mundo. El autor pasó 15 años de investigación durante la composición de la colección. Los cuentos se basan en una conciencia cultural de los hombres gay en la historia y en la tradición folclórica.

1. El Viaje y Las Joyas - Arabia Saudita

2. Y Cupido También Amaba - Roma Imperio

3. Haakon de Corazones - Suecia

4. de La Voz Equivocada Lejana - Egipto

5. Canción Bantú y El Taparrabos Sucio - Costa de Marfil

6. Los Cinco Arcos del Aprendiz de Shakespeare: Gran Bretaña

7. Los Tres Deseos - México

8. El Barton - Francia

9. El Amor de Falleron e Ibsen - Grecia

10. Círculo Salón Dorado - Judea (Israel)

¿Te importaría?

www.ingramcontent.com/pod-product-compliance
Lightning Source LLC
Chambersburg PA
CBHW071924220626
47052CB00002B/443